Savannah

En plein cœur

LES ÉDITIONS LA SEMAINE
2050, rue de Bleury, bureau 500
Montréal (Québec) H3A 2J5

Directrice des éditions : Annie Tonneau
Directrice artistique : Lyne Préfontaine
Coordonnateur aux éditions : Jean François Gosselin

Directeur des opérations : Réal Paiement
Superviseure de la production : Lisette Brodeur
Assistante-contremaître : Joanie Pellerin
Infographiste : Marylène Gingras
Scanneristes : Éric Lépine

Photo de l'auteure : Stéphanie Lefebvre
Maquilleuse-coiffeuse : Mélanie Bélisle, Gloss Artistes inc.
Illustration de la page couverture : Géraldine Charette
Photos intérieures : archives personnelles et Shutterstock
Réviseures-correctrices : Monique Lepage, Marie-Hélène Cardinal,
Nathalie Ferraris

Les propos contenus dans ce livre ne reflètent pas forcément
l'opinion de la maison d'édition.

Gouvernement du Québec (Québec) – Programme de crédit
d'impôt pour l'édition de livres – Gestion SODEC.

L'Éditeur bénéficie du soutien de la Société de développement des
entreprises culturelles du Québec pour son programme d'édition.

© Charron Éditeur inc.
Dépôt légal : deuxième trimestre 2012
Bibliothèque et Archives nationales du Québec
Bibliothèque et Archives Canada
ISBN : 978-2-89703-038-4

Savannah

En plein cœur

ÉDITIONS
LASEMAINE

*À Paul et Flavie, mes amours,
merci pour tout.*

*À Nicole Raffin de Toulouse, merci
pour ses conseils et son amitié.*

*À Martine, merci pour ces belles
années de complicité.*

*Et à la superbe équipe
des Éditions La Semaine,
merci de votre confiance.*

Chapitre 1

Identification visuelle ?   **Grotte. Il fait noir.**
Identification auditive ?   **Il pleut et il grêle.**

Depuis la séparation de mes parents, tous les matins je fais une identification visuelle, suivie d'une autre, auditive, pour savoir où je suis. En fait, c'est qu'un jour je me suis levée et j'ai foncé droit dans le mur. Je me pensais chez ma mère et j'étais trop chez mon père. Il faut dire que le matin, c'est long avant que mon cerveau reprenne sa forme normale. Pendant la nuit, on dirait qu'il s'écrapoutit (encore un mot qui n'existe sans doute pas) et au réveil, il doit reprendre son volume. Avant, je suis comme juste pas encore réveillée. Une moule dormeuse. Faut pas me poser de question, la réponse sera inévitablement : « Rheû ? »

Après avoir identifié où je suis, je vérifie ce que j'entends. Je suis seule ? Il y a du monde dans la cuisine ? Ils sont encore couchés ? C'est que je veux pas tomber face à face avec le nouveau chum de ma mère. Pas en pyjama mettons, et surtout pas avant d'avoir le cerveau bien en place.

Mais là... C'est le soir. Je suis ni chez mon père, ni chez ma mère. Je suis dans une sorte de mégacatastrophe naturelle. On était sur les traces du trésor... façon de parler, parce que je n'ai jamais cru qu'on trouverait vraiment quelque chose. Un orage trop malade a éclaté et on s'est perdus et là, on est dans le fond d'une grotte. Ça ressemble pas mal à la fin du monde.

Je dois garder mon calme. Il me reste une chose à faire, envoyer un message, en espérant que quelqu'un le reçoive et que ce soit pas un martien, parce que ça serait trop pas ma chance.

C'est peut-être mon dernier message. Disons que c'est pas tellement la joie. Je suis dans une sorte de trou dans la roche, qui, lui, est dans un champ de montagnes, au milieu de super nulle part. Perdue, comme dans vraiment perdue profond, et il fait noir. J'ai aucun signal sur mon cell pour envoyer un SOS. Il fait tellement froid et là, je frôle la crise de nerfs. Je commence à être super inquiète. J'écris pareil mon message, des fois qu'il partirait dans le cyberespace et que quelqu'un le capterait au vol.

En plus, je suis prise ici avec le fatigant d'Alexandre Préfontaine, qui a réussi à nous perdre bien comme il faut. J'aurais jamais dû le suivre. Ça avait l'air *cool*, son histoire du fameux trésor des Templiers... mais là, je trouve plus ça aussi excitant. On va faire quoi du trésor si on est morts ? Hein ? Bonne question.

C'est la nuit et mon cell est ma seule lumière. Je l'envoie quand même.

« Pas *chill*. Ciao.

Anaïs : J't'aime trop *best*.

Coralie : *Luv ya babe.*

Bye M'man, bye Dad... Kiss Loup.

P.S. : Hé maman, *Dad* y est trop pour rien. O.K. ? »

Hésitation : j'écris quelque chose à Milan ou pas ? Il ne sait pas que je l'aime et comme c'est l'homme de ma vie, c'est normal que je pense à lui en ce moment...

Pourquoi lui faire de la peine ? Il est aussi bien de ne rien savoir.

Envoyé...

Évidemment, il est pas parti, j'ai toujours pas de signal. Il est dans les brouillons, croisons les doigts pour que j'aie juste une seconde d'Internet... (Soupir) :(

Mais comment je suis arrivée là ? En plus, je suis toute seule parce qu'Alexandre est parti explorer la grotte à la lumière de son porte-clés, dûh ? Il s'est probablement perdu, parce qu'il ne revient pas. Comment il peut encore exister aujourd'hui un endroit dans le monde où on n'a pas de signal pour notre téléphone ? À quoi ça sert, ce truc, s'il ne nous sert pas le jour où on en a vraiment besoin ?

Je vais me concentrer sur comment tout a commencé... ça va m'aider.

Je suis dans le Sud de la France, dans l'Aude plus précisément. On a d'abord visité Paris et après, on assistait à un mariage dans la ville la plus *hot* au monde, Carcassonne, quand Alexandre m'a convaincue de le suivre pour chercher un fameux trésor caché – peut-être – quelque part dans les montagnes autour de Rennes-le-Château. C'était amusant de trouver des indices, jusqu'à ce que l'orage nous tombe dessus. J'ai jamais vu autant d'eau. On essayait de fuir un homme qui nous suit partout depuis Paris et vraiment, je ne lui aime pas trop la face, à lui.

Les ruisseaux sont devenus fous et le petit pont a été emporté par le courant. La montagne perdait des morceaux, la boue entraînait des arbres et nous, on glissait. On ne voyait plus le chemin et on a fini par se perdre complètement... On est entrés ici par une ouverture sur le long dans la roche et ça menait à une grotte, voilà.

Ça doit bien faire vingt minutes qu'Alexandre est parti. J'ai froid en plus. C'est malade, cette histoire.

J'entends du bruit... C'est lui, enfin.

— Tu as trouvé une sortie ?

— Non. Mais j'ai trouvé du bois sec. On va pouvoir se faire un feu.

Bonne idée, parce qu'il fait de plus en plus froid.

Il a déposé le bois, il en avait vraiment beaucoup. Il a commencé à faire un petit tas et a mis du papier en boule sous les branches.

Mettons que j'étais contente de le voir revenir.

—Tu as du feu ?

—Moi ? Non... ah oui !

Les allumettes que mon père m'a données l'autre jour pour appeler le restaurant. Elles sont dans mon sac à dos. Au moins, on va pouvoir se réchauffer un peu. Merci papa.

Alexandre a fait une sorte de torche avec un document qu'il a pris dans son sac et l'a allumée. Il la tenait à bout de bras, comme s'il cherchait quelque chose au plafond.

—Qu'est-ce que tu fais ?

—Je vérifie qu'il y a un appel d'air.

—Un quoi ?

—Si la fumée ne sort pas, on va étouffer... mais regarde, elle monte tout droit vers le plafond... ça va aller. Il doit y avoir une ouverture en haut.

Il est vraiment étrange. Il pense à des choses auxquelles personne ne penserait jamais.

Il s'est assis près de moi et on regardait les flammes danser. J'ai continué à écrire.

—Qu'est-ce que tu fais ?

— J'écris pour ne pas trop penser.

— À qui tu écris ?

— À personne... Ou plutôt, à l'univers.

— Ah bon, et tu lui dis quoi ?

— Ce qui est arrivé... comment on s'est retrouvés ici.

J'ai fait un air agacé ; il fallait tout le temps qu'il parle ? Il a compris et s'est tu.

Bon, par où commencer ?

Quatre mois plus tôt

Chapitre 2

Le cadran sonne !
Le cadran sonne ?
Il soooonne ! ! !

Là, j'ai sauté au plafond. J'avais oublié que l'école recommençait ce jour-là. Je me suis assise carrée dans le lit, et j'ai réalisé que c'était le premier jour de ma dernière année de secondaire. J'ai réfléchi deux minutes et je me suis dit :

NOONnnnnNNNNNNnnnnn... ça se peut juste pas. C'est trop malade.

C'était clair que j'avais manqué quelque chose. Wo. Ça ne pouvait pas être vrai, pas déjà ? C'était passé tellement trop vite. Pourrait-on revenir un peu en arrière ?

En même temps, j'étais contente que ça finisse. Cette année en plus, ça allait être le bal. :)

Mon amie Anaïs, ma *best ever*, a redoublé. On a vraiment ri quand on a appris ça. Bon, O.K., j'aiii trop ri, vu qu'elle, elle trouvait vraiment pas ça *chill*.

Elle avait passé six mois chez son père en France et était venue finir son année ici pour les six autres mois chez sa mère. Une chance que la garde partagée était terminée, ça aura juste réussi à la mêler bien comme il faut. Elle a genre, vraiment rien fait à l'école, alors ce qui devait arriver est arrivé, elle a redoublé.

Ça fait qu'on va pouvoir aller au bal ensemble. Elle va en avoir eu deux, elle, c'est *cool*. Deux bals, deux robes, deux *partys*.

Comme ça m'arrive toujours, j'ai d'abord dû vérifier où j'étais. J'ai deux chambres maintenant, parce que mes parents sont allés rejoindre les statistiques et se sont séparés. L'été dernier, ma mère a rencontré un homme, une sorte de G.I. Joe du trapèze, Philippe. Un acrobate du Cirque du Soleil, pas mal plus jeune qu'elle. Alors je vivais chez mon père pour quelque temps, parce que j'avais pas envie de tomber nez à nez avec le gars en question.

C'est vrai qu'avec l'été que j'avais eu, la rentrée scolaire m'était trop sortie de la tête. Tout avait commencé quand j'avais rencontré le Dieu, mon Dieu, Milan de son prénom. Il est entré au café où je travaille et je vous jure que le monde s'est arrêté. C'était comme si la terre avait eu besoin de reprendre son souffle. J'étais en train de faire mousser le lait pour le cappuccino et il venait rencontrer le gérant, qui n'était pas là, comme d'habitude. Par un hasard incroyable – qui ne devait pas être un hasard mais plutôt un signe du destin –, il a emménagé dans l'appartement au-dessus de chez mon père.

Apothéose... Le destin était de mon côté pour une fois.

Désenchantement, il allait habiter avec la trop belle Lydia. Trop tout, trop parfaite... et bien trop fine pour qu'on la déteste. Et il est tombé amoureux d'elle. Évidemment, la destinée n'est pas toujours facile à décrypter.

J'avais découvert que le garage double sur le terrain de la propriétaire ne servait plus depuis la nuit des temps et j'avais décidé d'en faire mon havre de paix. Ça avait pas pris longtemps pour que la tranquillité des lieux soit transmutée en club vraiment trop populaire pour que j'aie un quelconque contrôle sur la situation.

D'un plan tordu à un autre encore plus idiot, j'ai réussi à me rapprocher de Milan et il a même fini par m'embrasser. C'était le plus beau moment de ma vie. Le seul qui compte vraiment. Mais, c'est là qu'il m'a fait toute une histoire avec l'âge... blabla au cube... n'importe quoi parce qu'il avait vingt et un ans et moi seize et que j'étais trop jeune et il a pris ses distances et depuis, j'attends que le temps passe pour pouvoir enfin vivre mon grand amour.

Mon frère Loup, qui a le même âge que lui et devrait le comprendre, m'a dit que c'était comme ça l'amour, des fois il faut attendre. Le moment n'est pas toujours le bon et on a tendance à être trop pressé.

À la fin de l'été, nous nous sommes retrouvées au poste de police. Nous étions quatre, moi avec Anaïs et Coralie, qui sont les filles des deux meilleures amies de ma mère, et Bitch... demandez-moi pas son vrai prénom, je m'en souviens plus (je sais que c'est pas gentil et je vais y remédier... éventuellement).

Nos parents ont capoté et je devais me tenir tranquille. o_Ô

Je réussissais bien à l'école, sans trop me forcer. Je sais... Si je m'y mettais un peu, je péterais des scores, mais jusque-là, j'en avais pas ressenti le besoin.

Je ne bois pas beaucoup, j'aime pas l'alcool... sauf quand il goûte pas, genre dans le punch aux fruits. Je déteste ne pas avoir le contrôle. La drogue, je trouve ça inutile, mais faut dire que j'aime rire et je m'amuse facilement. Je me demande à quoi ça sert de dépenser de l'argent pour se coller les neurones dans la boîte crânienne et risquer de se retrouver à cheval sur la croix du mont Royal... LOL

Je respecte ceux qui ont besoin de se détendre de cette façon... c'est leur choix.

J'étais en train de revoir ma vie, alors que le cadran sonnait depuis déjà trop longtemps et j'allais encore être obligée de courir pour ne pas arriver en retard.

J'espérais que le premier jour, monsieur Deling ne serait pas déjà dans les corridors pour mettre des retenues aux retardataires. On dirait que ça l'amuse, comme la seule joie dans sa vie genre. Il nous donne des retenues avec une face de quelqu'un qui se fait chatouiller les dessous de pieds et essaie de ne pas rire. On l'appelle Deling, parce qu'il ressemble à une cloche.

Gooooooo Savannah… tu vas être en retard.

Je me suis levée et je suis allée au ralenti vers la salle de bains pour prendre ma douche… mon cerveau n'avait clairement pas repris sa position maximale et il avait de la difficulté à envoyer les commandes à mes jambes. Vite, qu'il disait… mais les pieds traînaient comme si j'avais porté des raquettes de cent kilos.

On n'a pas d'uniforme à l'école, mais on doit respecter un code de couleurs et on ne peut pas porter de jupes trop courtes. Maiiiis, comme on est dégourdies, on les roule à la taille et hop ! on les déroule quand on arrive à l'école. Trois tours pour une supermini.

Cette histoire de code est étrange. Il paraît que ça vient d'un temps où les filles portaient des « chandails bedaines » pour montrer leur nombril.

Euhhh… pour votre information, cette mode est terminée depuis trop longtemps pour que je m'en souvienne vraiment.

O.K. ? Alors, nous, on doit porter des trucs super plates parce que des filles, à une époque néolithique, ont suivi une mode ? Faudrait relativiser, non ?

Mais cette année, j'étais dans les vieilles... les cinquième secondaire. Je suis une femme. Il était temps de m'assumer et d'afficher qui j'étais.

C'est drôle quand même, parce que lorsque j'étais en première secondaire, j'imaginais tellement qu'une fois rendue là, je serais différente. Je serais une femme adulte... quelque chose du genre. Alors que j'étais toujours rien que moi, Savannah Corbeil Béliveau, juste un peu moins perdue que la fille en première secondaire. Plus vieille c'est sûr, mais j'avais pas vraiment changé.

J'ai pris le temps de me maquiller, tant pis pour Deling. Je voulais être la femme que je m'imaginais être. Je me suis regardée et franchement, c'était la même petite voix intérieure qui me parlait. Bon, elle avait mué et ne parlait plus comme une petite fille de cinq ans, mais c'était la même. Je voulais assumer la femme en moi... Si elle était là quelque part. Alloooo, y'a quelqu'un ?

Je me suis retrouvée devant la grande porte vitrée de l'entrée principale du collège et une petite nouvelle de première secondaire est arrivée; son image s'est reflétée dans la fenêtre, juste à côté de la mienne. Nous étions une à côté de l'autre devant la porte, moi la grande et elle si frêle. Je suis restée figée.

Elle hésitait à entrer et elle ressemblait tellement à la fille intimidée et peu sûre d'elle que j'étais en commençant mon secondaire. Comme elle, je ne savais pas ce qui m'attendait, j'avais un peu peur et en même temps j'avais hâte. C'était la bataille dans mon estomac. Une guerre qui m'avait donné la nausée une partie de la nuit, mais il ne fallait surtout pas que ça paraisse.

Les images se sont mises à débouler dans ma tête. Ma première journée de secondaire, j'étais seule et je cherchais désespérément un visage connu. N'importe qui que j'avais pu croiser même cinq minutes au primaire aurait fait l'affaire. C'est là que j'ai aperçu Anaïs. Elle était déjà en deuxième secondaire et elle a été ce visage que je cherchais au milieu des inconnus. Quand je l'ai vue, j'ai été soulagée... j'avais une alliée.

Malheureusement, elle ne faisait qu'une partie de l'année ici. Ses parents avaient eu l'idée parfaitement impraticable de se séparer la garde moitié-moitié. Elle revenait avec un petit accent français, qu'elle tentait de perdre rapidement. Elle était comme une boussole folle.

Pendant un mois ou deux, elle se sentait tellement libre qu'elle faisait n'importe quoi. Roter devant tout le monde, rire aux éclats pour n'importe quoi ou tutoyer le prof (interdit depuis deux ans). Chez son père, elle devait demander la permission pour se lever de table, pour aller aux toilettes. Elle devait être tout le temps parfaite... alors, imaginez quand elle revenait... Je riais trop avec elle. Je lui disais « hé Anaïs, ça se fait pas », et elle répondait « oups ». Elle passait sa vie en retenue et à faire des oups.

Heureusement qu'elle était là.

En deuxième secondaire, attendez que je me souvienne. Il y avait Croteau, un prof de français qui me détestait. J'ai jamais su pourquoi. Il n'aimait rien de ce que j'écrivais. Et puis, j'ai eu mon premier chum... Enfin, façon de parler. C'était pas tellement l'amour en fait.

Il s'appelait Jack et parlait avec un cheveu sur le bout de la langue. Il m'avait emmenée dans un coin pendant la danse de l'Halloween et m'avait dit qu'il voulait sortir avec moi. J'avais envie de hurler « non merci » mais j'étais encore trop gênée faut croire. J'ai dit : O.K. :S

Je m'en suis voulu pendant les deux semaines qu'a duré notre relation.

Bon, j'ai réussi à l'éviter assez souvent pour qu'on se voie un gros max de trois fois en deux semaines... ah ah... et j'ai dû échanger ma salive avec lui qu'une seule fois... beurk. Il embrassait comme un biscuit sec, mais c'était aussi bien, s'il y avait eu un rien d'humidité, je crois que j'aurais pas pu le supporter... Ne riez pas... C'était vraiment pas l'amour, je vous l'ai dit.

J'ai fui tout ce qui portait un prénom masculin pour le reste de l'année. Je ne voulais plus que quelqu'un tombe amoureux de moi... Jamais. Je ne me maquillais pas et j'ai laissé pousser mes cheveux, je ne les brossais même plus et les mettais devant mon visage. Ça me donnait un air *cool* mais en fait, allo l'acné. J'ai compris qu'il fallait se laver les cheveux souvent et surtout ne pas les laisser dans notre figure si on ne veut pas avoir de boutons. Il a fallu que je dorme avec des tresses pendant six mois pour me débarrasser de ce festival de comédons. Lavage de visage deux fois par jour et cheveux propres tous les jours, et j'ai fini par reprendre le contrôle de ce champ de pustules qu'était devenue ma face.

En troisième secondaire, j'étais dans la comédie musicale de l'école. Un truc écrit par un futur illustre inconnu de l'écriture de quatrième, qui se prenait pour un génie, alors que c'était tellement de la bouillie astrale. Mais on a eu du *fun*. Anaïs et moi, on s'est fait des amis et c'est devenu notre « gagne » du secondaire. Coralie faisait la mise en scène et on était inséparables. Elle nous avait baptisées les « Trois Grâces », comme le célèbre tableau de Raphaël.

Mon rôle dans la pièce m'a donné une certaine... notoriété... dirons-nous... auprès des gars. Ce qui fait qu'à la fin de l'année, je sortais avec Théo Dupras, le top du top, le gars dont toutes les filles rêvaient en secret. Quand il approchait, on arrêtait toutes de parler, on était en transe... LOL... Vaut mieux en rire, parce qu'après un mois, j'avais bien compris que si l'extérieur était superbe, l'intérieur était tapissé de néant. Il ne connaissait rien et ne s'intéressait à rien d'autre qu'à lui-même, convaincu que sa beauté allait lui suffire dans la vie.

Mais disons que l'échange de salive était pas trop désagréable, du style, on y prenait goût pas mal vite.

Faut dire aussi que cette période a fait de moi une fille enviée et j'ai pas détesté l'effet. Genre, j'étais devenue un peu trop (je cherche le mot)... Anaïs a dit que j'étais en train de devenir un éléphant de suffisance. Oh oh... c'était pas un compliment.

Pendant l'été, j'ai passé beaucoup de temps avec ma *best*, à redevenir juste moi. Pas une actrice populaire (d'une comédie musicale vraiment nulle, rappelons-nous) qui était sortie avec le *king* – sans cervelle – de l'école... et non pas un dieu grec. O.K.K.K.K.K.K... Je me suis calmée et ma tête a repris son volume normal.

C'est bien parce que je suis dans une situation dramatique et que je revois ma vie en ce moment, que je suis capable d'avouer tout ça. Sinon...

Début quatrième secondaire, Coralie entrait au cégep et voulait nous faire connaître ses nouveaux amis. C'est là que j'ai compris que notre beau trio n'existerait plus. Elle était maintenant dans un autre monde. Dans cet univers, les gars avaient plus de place que les amies. Il y avait un fossé entre les gens du secondaire et eux. On s'est retrouvés dans un sous-sol qui sentait bizarre avec des gens qui buvaient en parlant de sujets qui nous intéressaient pas. Quand ils apprenaient qu'on était au secondaire, ils faisaient un sourire entendu, genre « ah ! on comprend tout, vous êtes des minus... ah, ah... », on ne se sentait pas à notre place, merci pour l'accueil.

Ils buvaient des *shooters* et fumaient du pot. Plus ça allait et plus ils avaient l'air de choux-fleurs gratinés. Vers minuit, on est tous partis prendre une marche. Direction : mont Royal. Une fois sur la montagne, ils riaient et criaient et j'avais un peu honte. Je les trouvais vraiment bizarres.

Coralie se sentait mal, elle était verte et elle respirait profondément pour retrouver son calme (ou pour ne pas être malade). Anaïs avait fumé du pot et riait sans arrêt et moi, je me sentais comme un poisson hors de l'eau... mais j'avais pas trop envie de sauter dans l'aquarium en fait.

C'est là qu'on a entendu crier. Un ami de Coralie était à cheval sur la croix du mont Royal. Comment il était monté ? Aucune idée. Ce qu'il faisait là ? Il disait qu'il chevauchait une licorne vers la Voie lactée... son stock était peut-être un peu trop fort, comme l'a souligné un autre ami de Coralie, mais pour moi, c'en était assez. Je suis partie, Anaïs m'a suivie et on a vu les policiers arriver. Ils allaient sans doute faire redescendre le gars, mais je ne voulais pas voir ça. On n'a pas parlé à Coralie jusqu'à Noël et ça n'a plus jamais été pareil entre nous.

Ça nous mène à la fin de cette quatrième secondaire. J'ai commencé à travailler au café du coin et je faisais un peu d'argent. L'année n'était pas si mal jusqu'à ce que mes parents se séparent. Je ne pouvais pas le croire. Je sais pas pourquoi je pensais que ça n'arriverait jamais aux miens, à moins que j'aie plutôt voulu m'imaginer que ça ne pouvait pas leur arriver ?

Chapitre 3

Je rentrais à la maison, heureuse d'avoir évité une retenue de justesse. J'avais réussi à amadouer Deling en lui disant que j'étais restée devant la porte un temps indéterminé à revoir toutes ces belles années passées là. Que j'avais beaucoup d'émotions et il a semblé comprendre... en tout cas, il m'a juste donné un avertissement pour le retard et je n'ai pas eu de retenue. Joie !

Mais danger, ma mère est ici ? Chez mon père ? Il y avait trop un truc pas net. J'ai pas fait de bruit et je me suis approchée discrètement pour écouter la conversation. O.K., je sais que c'est pas bien, mais je voulais savoir s'ils parlaient de moi. Sinon, je me serais sauvée pour ne pas entendre des choses qui ne me regardent pas... enfin, peut-être... sûrement. De toute façon, c'est de moi qu'ils parlaient. J'ai un instinct pour ça, je le savais.

Ils parlaient des vacances de Noël. Euh, on est en septembre là et Noël c'est encore loin. Mon père disait qu'il allait à un mariage en France et ma mère lui expliquait qu'elle et Philippe devaient aller deux semaines à Las Vegas pour un contrat et qu'elle refusait de m'emmener.

Papa a dit que je m'ennuierais avec lui.

Euh... quelqu'un voudrait peut-être avoir mon avis ? Je travaille au café, je ne peux pas partir comme ça, sans vérifier avec mon patron. Et puis, les vacances de Noël, j'ai l'intention de les passer le plus près possible de l'amour de ma vie, Milan. Je ne vais nulle part, je reste ici !

Je suis sortie de ma cachette et j'ai lancé :

— Je veux rester ici à Noël. Vous partez si vous voulez, mais moi, je ne vais trop pas avec vous.

Peut-être que l'attaque n'était pas la meilleure stratégie. J'aurais pu y aller avec plus de douceur. Je leur avais fait vivre pas mal de choses dernièrement.

— Tu ne resteras pas ici sans surveillance, a répondu ma mère en croisant les bras, ce qui était le signe qu'elle était décidée.

— Pas après ce qui est arrivé le mois dernier, a ajouté mon père.

— Je n'ai pas envie de devoir te sortir de prison encore une fois, a lancé ma mère.

— Du poste de police maman... J'ai pas fait de prison quand même.

— Le mieux, c'est que tu viennes en France avec moi, a finalement annoncé mon père.

— Mais je ne veux pas m'éloigner, j'ai mon travail et… mes amis…

— Ah ! les bons amis que tu as, a commencé ma mère.

Mon père l'a arrêtée d'un geste calme.

— Écoute, on va visiter Paris pendant trois jours, ensuite on va dans le Sud pour un mariage. Je pense que tu vas aimer ça… et c'est la meilleure solution.

— Mais vous ne pouvez pas…

Ça ne servait à rien de me défendre. Je l'ai vu à leur regard. Ils avaient décidé. Je serais deux semaines loin de mes amis. De Milan surtout (ça, c'était la punition ultime).

Chapitre 4

J'ai finalement eu l'autorisation de mon patron de partir. J'espérais secrètement qu'il ferait une histoire et que je pourrais m'en servir pour ne pas suivre mon père. Mais non, il m'a dit qu'il allait s'organiser sans moi et de partir l'esprit en paix.

Loup aussi serait du voyage. Mon père voulait qu'on en profite pour se faire des fêtes de Noël originales. Un nouveau rituel familial. C'est vrai, maintenant que mes parents sont séparés, plus rien n'est comme avant.

Maman ne fera même pas d'arbre, elle qui a toujours été la reine de la décoration. Le sapin était remarquable, tous les ans elle changeait le thème. Une année c'était la musique, il y avait des instruments partout dans l'arbre et dans la maison, puis l'année après, c'était les biscuits en bonhommes… en pain d'épice on dit, je pense… Et puis, les oiseaux blancs… et voilà que là, il n'y avait qu'une simple couronne sur la porte d'entrée.

À bien y penser, c'est probablement ce qui me fait le plus de peine du divorce de mes parents. C'est que rien ne soit plus comme avant. Les fêtes surtout. Mon père, pour rendre ça plus « acceptable », voyait le voyage en France comme une belle occasion de nous faire de nouveaux Noëls à notre façon. Mais pour moi, c'est une fête qui se faisait à la maison, dans la neige, avec les amis, avec la décoration et les bons plats de maman. Les biscuits, les beignes, la tourtière.

Elle aurait pu nous emmener à Las Vegas, mais non, il paraît qu'elle ne pouvait pas. J'aurais pas eu la neige, mais peut-être la nourriture ? :(

L'automne est passé super vite. On a eu le temps de parler du bal, de nos robes et de nos cavaliers. Je cherchais un moyen de convaincre Milan de m'accompagner, mais je ne trouvais pas d'idée. Il faut dire qu'il vivait toujours avec la belle Lydia et même si elle avait promis à son ex d'aller le voir à Paris pour Noël, elle ne semblait pas trop s'ennuyer de lui. En fait, elle passait de plus en plus de temps avec Milan. Chaque fois que je les voyais ensemble, j'avais le cœur brisé, ça faisait super mal. Mais je me consolais en me disant qu'un jour, ça serait mon tour… Un jour… ça serait moi… En attendant, je ne voyais pas avec qui d'autre je voudrais aller à mon bal. J'avais encore le temps de trouver un moyen de l'amener à m'inviter…

Ben ouiiiii… parce que j'avais pas envie de lui demander – le plaisir ça aurait été que ce soit lui qui me le propose, non ? Bon, mal prise, je lui demanderais peut-être. Mais une fille a le droit de rêver et dans mon rêve à moi, le gars demande à la fille si elle accepte qu'il soit son cavalier pour le bal. Quand j'ai raconté ça à Anaïs, elle a été crampée pendant des heures. En fait, je crois qu'elle en rit encore. Elle me traite de supra-romantico-guimauve.

En plus, elle, elle dit qu'elle voudrait que Zac Efron l'invite... Je me demande laquelle est la plus rêveuse ?

Coralie était dans son univers de cégepienne, après avoir passé l'été avec nous et s'être retrouvée au poste de police parce qu'on avait ouvert « supposément » un bar clandestin. D'abord, c'était pas un bar, c'était un garage double. Deuxièmement, c'était pas clandestin, tout le monde le savait. Mais ils ont dit qu'on n'avait pas le droit de faire ça. De faire quoi ? De recevoir des amis dans le garage ? Bon, je tourne un peu les coins ronds, en fait, c'est vrai que j'avais perdu le contrôle et des quatre ou cinq amis que je voulais inviter, ça s'était changé en vraie « *open house* » avec du monde que j'avais jamais vu de ma vie.

On s'est dit que, si ni Zac ni Milan nous invitaient au bal, bien on irait ensemble Anaïs et moi. Plus on en parlait, plus on découvrait que d'autres amis étaient intéressés à nous accompagner.

Comme Charlotte, une fille qu'on avait connue en montant la pièce de théâtre. C'est la capitaine de l'équipe de ringuette du collège. Elle est drôle, un vrai clown et puis Aïcha, qui danse comme c'est pas possible et qui a promis de nous faire une chorégraphie, juste pour nous. Malade ! On allait faire une danse en groupe, comme dans les films. *Cool.*

Jacob – qu'on a rebaptisé Jobs en l'honneur du célèbre créateur de Apple parce qu'il est maniaque d'informatique – nous a annoncé qu'il voulait être notre cavalier à toutes. Il est vraiment gentil. Donc, on était déjà un petit groupe et je me disais que ça serait une soirée super *chill* finalement.

J'avais presque oublié le voyage en France quand le mois de décembre est arrivé. Les examens, les cadeaux, les *partys* (pas nécessairement dans cet ordre) et voilà que je devais faire ma valise.

Soyons clairs, j'adore la France. J'y ai vécu quelque temps quand j'étais petite. Mais si je ne dois pas passer Noël chez moi avec mes amis, est-ce que je pourrais au moins le passer dans le Sud au soleil ? À contempler des palmiers et à me baigner dans de l'eau chaude et turquoise ?

J'avais envie de me plaindre à quelqu'un, alors je suis montée chez Milan. J'avais pas encore frappé à la porte que je sentais l'odeur des beignes. Ça sentait Noël. Lydia a ouvert et m'a invitée à entrer. Elle portait un tablier avec des fraises et semblait très occupée. Elle avait remonté ses cheveux dorés dans un drôle de chignon qui pendouillait et elle avait de la farine sur les joues… malgré tout, elle était toujours aussi belle. Comment elle fait ?

Toute la maison était décorée. Il y avait un sapin dans le salon, des bougies sur la table, des rubans rouges sur les poignées. C'était pas aussi beau que ce que ma mère faisait, mais c'était un vrai décor de Noël.

— Pourquoi tu fais tout ça ? Tu pars pas en France voir Christian ? (Son ex étudie à l'université d'Aix. Et j'avoue que j'espérais secrètement qu'ils reprendraient, ce qui aurait définitivement découragé Milan.)

— Non... Je n'irai pas finalement.

Elle avait promis à son ex d'aller lui rendre visite, je m'en souviens très bien, j'étais juste à côté d'eux quand ils en avaient parlé.

— Mais tu lui as promis, non ?

— Je sais, a répondu Lydia, mais je n'ai pas assez d'argent. Ça coûte cher le billet d'avion. J'irai l'été prochain.

L'été prochain ? Panique... Ses sentiments auront peut-être changé... donc, elle a tout le temps qu'il faut pour l'oublier et Milan pourra profiter des vacances pour se rapprocher d'elle. Et moi ? Moi, je serai au bout du monde ! :(

J'ai voulu insister, j'ai même pensé lui payer son billet d'avion. Mais bon, il y a des choses contre lesquelles il ne sert à rien de se battre.

— Tu reçois ta famille ?

— Oui, et on va aussi fêter Noël, Milan et moi, en invitant quelques amis qui ne vont pas chez eux pendant les vacances.

— Milan ne va pas voir sa famille à Québec ?

Je me disais, au moinnnnssss, qu'il serait absent quelques jours... mais non, je me doutais bien de la réponse puisque tout allait supra méga mal pour moi. :(

— Non, il doit travailler au café... il doit te remplacer ! Tiens, goûte à mes beignes. Dis-moi s'ils sont bons, c'est la première fois que j'en fais. C'est la recette de ma grand-mère.

J'y ai goûté et ils étaient divins... savoureux... moelleux... juste comme je les aime.

— Ils sont bons...

— Tu veux que je t'en donne quelques-uns pour emporter ?

J'ai souri et j'ai fait signe que oui. Elle est trop fine, Lydia... comment la détester ? Impossible. Je comprends même Milan de l'aimer, c'est normal... elle est adorable.

J'ai soupiré.

— Ça ne va pas ? C'est un gros soupir ça.

— Non, ça va... le goût du beigne me rappelle des souvenirs.

— Tu es chanceuse, tu vas à Paris... et à Carcassonne. Tu vas pouvoir manger des marrons chauds.

—Je déteste les marrons. (En fait, je ne me souviens pas vraiment d'en avoir déjà mangé, mais j'exprimais ma mauvaise humeur.)

—C'est vrai ? Moi, je les adore... alors, tu mangeras une gaufre en pensant à moi.

—D'accord... une gaufre alors.

—Les Champs-Élysées... à Noël, ça a l'air tellement beau.

—Hum, hum (positif, plus elle parlait et plus je déprimais).

J'ai avalé deux beignes sans réfléchir. Milan allait rester en ville parce que JE partais et qu'il devait ME remplacer au travail, c'était de MA faute. Je n'avais trouvé aucun moyen d'éviter le voyage et Lydia ne partait pas non plus. C'était incontestablement la catastrophe dans ma vie sentimentale.

Milan est arrivé à ce moment-là. Il était joyeux et il reniflait l'air en riant. Il trouvait que ça sentait bon lui aussi. Alors, il s'est approché et après m'avoir demandé si ça allait, il a pris le visage de Lydia dans une main et de l'autre, il a doucement retiré la farine. Il y avait quelque chose de tellement intime dans ce geste, que je me sentais de trop. Mon cœur a fondu d'un coup. J'ai compris, il avait les yeux brillants et elle, même si elle riait pour cacher son émotion, elle était déjà amoureuse.

« Cœur liquéfié, à ramasser à la cuillère, cherche consolation. »

Milan nous a annoncé que Rafi, son cousin –
il vivait avec eux et lui aussi avait un faible pour
Lydia (ça il ne l'a pas dit, c'est moi qui vous en in-
forme) –, partait le lendemain pour deux semaines
chez son père, à Chicoutimi. Lydia a fait semblant
d'être déçue qu'il ne participe pas à leur *party*, mais
elle n'y a pas mis assez de conviction... pas à mon
goût en tout cas.

Tous mes espoirs s'envolaient, j'allais devoir
attendre encore.

Deux semaines seuls, Lydia et Milan allaient se
tomber dans les bras, c'était aussi certain que ses
beignes étaient divins... Rafi absent et moi au loin...
Cupidon avait le champ libre. :(

J'avais vérifié la météo et il n'y avait aucune
tempête de neige en vue. Rien pour empêcher l'avion
de décoller.

Il restait deux minuscules espoirs : mon patron
changeait d'idée ou ma mère était soudainement
atteinte d'un sentiment de culpabilité aigu de laisser
sa fille seule avec son père et son frère.

Je vous ai dit que c'était minuscule !

Cinq jours plus tôt

Chapitre 5

Le jour du départ, Loup était aux anges et chantait des chansons de Noël presque juste, pendant que mon père préparait son matériel de photo. Il allait photographier une noce à Carcassonne et d'abord, il allait faire le tour des galeries qui vendent ses œuvres à Paris. *Dad* est photographe professionnel et il fait parfois des expositions, mais le plus souvent, il photographie des mariages ou des vedettes lors de galas.

Je tentais de faire ma valise de façon intelligente, mais je ne pensais qu'à Milan que j'abandonnais dans les bras de Lydia.

Ma mère a téléphoné pour nous souhaiter bon voyage et elle m'a dit de ne pas oublier de l'appeler à minuit le 24 au soir et qu'en fait, il serait plusieurs heures de moins ou de plus, de vérifier et de ne pas me tromper (tout un défi)… Aussi bien dire que tous mes espoirs avaient disparu et je devais me résigner à partir.

Je me suis assise sur le bord du lit, j'ai réfléchi et je me suis dit que le mieux serait d'essayer de profiter de ce voyage.

On a toujours deux choix dans la vie... Prendre mal quelque chose et vouloir le montrer au monde entier, en faisant l'air bête et en refusant de participer... ou chercher le bon côté et tenter d'en profiter pour que ça soit une belle expérience malgré tout.

C'est mon prof de français de l'an dernier qui nous a parlé de sa philosophie de la vie. Il faut dire qu'on allait voir une pièce de théâtre vraiment ennuyante, très hermétique et il a dit que soit on fait tous une tête d'enterrement et on s'ennuie à mourir, ou bien, on essaie de comprendre ce qu'ils ont voulu faire et on profite des moments amusants...

On avait fini par trouver ça tellement drôle que les spectateurs avaient embarqué dans notre folie.

J'ai aussi pensé au film *Star Wars*. Dans la vie, il y a l'ombre et la lumière. La peine et la joie. Si tu veux, tu peux choisir l'ombre, ça fait plus de mal autour de toi, mais toi ? Tu as du plaisir ? Non ! Donc...

O.K., c'est tordu, mais ça fonctionnait. Je me suis dit... voilà, je serai le Jedi du voyage. Une sorte de Yoda voyageur. Je vais chercher la lumière partout. Et ne pas penser à ce qui me fait de la peine... Milan doit vivre ce qu'il a à vivre. De toute façon, je suis trop jeune pour l'instant.

Je me suis mise à fouiller partout pour trouver mon guide de Paris. J'y avais mis des endroits à visiter... Je l'ai finalement trouvé entre une recherche de deuxième secondaire sur la reproduction des fleurs et l'agenda de l'école.

Et puis, pourquoi pas Paris à Noël ? Mon frère va être avec moi, on pourra faire des activités intéressantes. On va se gaver de gaufres et de crêpes bien chaudes et on va dévorer des tonnes de croissants. En plus, on va fêter le réveillon de Noël chez des amis de mon père qui sont québécois et on va l'avoir, notre fête bien de chez nous avec la tourtière et les beignes.

Maintenant que j'avais changé d'attitude, j'avais même hâte de partir.

À l'aéroport, on était dans la file quand mon cell a sonné. J'ai vu que c'était mon patron et j'ai trop eu peur; et s'il voulait que je reste finalement ? Hésitation : je réponds ou je laisse le répondeur prendre le message ? Je réponds. Il voulait seulement me souhaiter bon voyage. Soulagement, parce que rendue ici, ma valise faite... aussi bien le faire, ce voyage !

Dans l'avion, on ne dort pas, on regarde le film, on profite de l'expérience et une fois arrivé à Paris, à cause du décalage horaire, on patauge dans la poutine, ou bien... on essaie de dormir, tant pis pour le film et les repas servis... Et en arrivant, on est prêt à parcourir la ville.

Je savais que j'allais souffrir le lendemain, mais j'ai pas résisté à l'envie de profiter du voyage. Je dormirais un autre jour. Ils présentaient une comédie que je voulais justement voir depuis longtemps et l'écran incrusté dans le dossier du siège avant m'invitait trop à jouer aux jeux. Mon frère se battait contre des monstres dans son cell et *Dad* en profitait pour vérifier ses dossiers dans son ordi.

Un voyage sans trop de perturbations. C'était agréable pour une fois – il faut dire que ma mère a une peur panique des avions. Elle devient complètement hors de contrôle. Il faut la tenir, parce que sinon, elle pourrait faire une folle d'elle. Moi, je n'ai pas peur, d'abord, parce qu'il décolle genre dix millions d'avions par jour... et en plus, les accidents sont rares. Et puis, parce que le commandant, il n'a pas envie d'avoir des ennuis lui non plus. Alors, il faut lui faire confiance. (Ne chercher que le positif, c'était mon nouveau mantra.)

Arrivée à Paris... Impeccable. Le soleil se lève sur la métropole. J'avais trop hâte de revoir les endroits où j'avais vécu une année quand j'étais petite.

Quatre jours plus tôt

Chapitre 6

Paris... Enfin ! La ville s'éveille doucement. Le taxi longe les rues encombrées par les camions de livraison. Les gens promènent leur chien, les marchands lèvent la grille de leur boutique. Quand on arrive dans une autre ville, ce qui est fascinant, c'est que rien ne ressemble à ce qu'on connaît.

Les gens sont différents, ils s'habillent autrement, marchent différemment. Tout est nouveau, les rues, les voitures, les bruits et surtout les odeurs. Nous n'avons plus aucun repère. Ce qui est tout à fait ordinaire et le petit quotidien pour ceux qui y vivent, devient une source de curiosité pour nous, qui n'y habitons pas.

J'ai les yeux grands ouverts et je ne veux rien manquer. Les publicités sur les murs, la vieille dame qui achète son journal, le garçon qui apporte le café à un client sur une terrasse. Mon frère est dans l'autre fenêtre et fait comme moi, pendant que mon père dort à moitié, la tête appuyée sur le dossier de la banquette.

On arrive à l'hôtel, place de l'Odéon. Les clients de mon père nous ont choisi un endroit privilégié dans le VIe arrondissement. À deux pas de Saint-Germain-des-Prés et à trois sauts de grenouille du jardin du Luxembourg.

La place Saint-Germain-des-Prés est un endroit mythique parce qu'elle était fréquentée par des poètes et des chanteurs. Mais pour moi, c'était surtout à deux brasses d'où on vivait quand j'étais petite. Je connaissais bien le quartier et j'allais vite pouvoir me repérer.

Je ne tenais plus en place, j'avais besoin de bouger, alors que *Dad* voulait juste aller se coucher. Comme la dame de l'hôtel nous a dit que nos chambres n'étaient pas encore prêtes, on n'a pas eu le choix de laisser nos valises et de partir au coin de la rue. On a commandé un petit déjeuner 100 % parisien chez Danton, dont les grandes fenêtres étaient encore ouvertes malgré le mois de décembre. On aurait dit le printemps.

Mon père frissonnait, mon frère baillait et moi, j'étais juste tellement heureuse d'être là devant mon chocolat complet, c'est-à-dire, chocolat chaud et baguette grillée… miam.

— Finalement Savannah, t'es contente d'être ici ? a demandé mon père.

— À quoi ça sert de faire une tête de morue frite pendant tout le voyage… aussi bien en profiter.

— Euh… Tu as raison, a répondu mon père en se réveillant tout d'un coup.

— On commence par quoi aujourd'hui ?

— Un deuxième café, a dit *Dad*… et ensuite, on doit rencontrer mes amis, les Préfontaine. Leur fils est avec eux, vous pourrez vous organiser pendant que je vais voir mes clients.

— Le fils Préfontaine ? a dit Loup, dégoûté.

— Je parle pour Savannah. Je ne veux pas qu'elle reste seule… Toi, tu peux faire ce que tu veux.

— Euh… Attendez, là… comment ça je ne peux pas aller avec Loup ?

Il semble que j'aie définitivement perdu le contrôle de ma vie. Mon père ne voulait pas que je visite seule… Euhhh… *Dad*, j'ai comme presque dix-sept ans là, tu peux lâcher un peu la laisse ? Et mon frère a spécifiquement demandé de pouvoir faire des visites sans moi… Merciiiii grand-frère, c'est dans ces moments-là que je t'aime le plus… Grrrrr.

— Et il a un prénom le fils Préfontaine ?

— Oui, Alexandre. Il connaît très bien Paris. Il a vécu ici les deux dernières années. Il a dix-huit ans. Tu vas t'amuser, j'en suis certain.

— Bon…

Une fraction de seconde, je me suis imaginé que cet Alexandre serait *cool*, *hot* et sympathique. Ohhhhhh que je suis forte pour rêver, moi.

Avant de retourner à l'hôtel, petit saut sur l'espèce d'îlot central (à côté de l'entrée du métro) pour une visite en règle du marchand de bonbons... Pralines en sachet, autres noix grillées, fruits séchés et des fraises Tagada. J'ai tout mis dans mon sac à dos et nous sommes allés faire une sieste avant de rencontrer les amis de mon père.

Chapitre 7

Les Préfontaine habitaient un joli appartement sur le quai des Grands-Augustins. Revoir la Seine et les merveilleux marchands qui la longent, c'était vraiment génial. Les petites lumières blanches dans les arbres rendaient le paysage féérique et à bien y penser, on pourrait bien fêter tous les Noëls ici pour les cent prochaines années, c'était vraiment pas une si mauvaise idée finalement.

L'appartement était immense avec des plafonds super hauts et des grandes portes. Il y avait un sapin de Noël un peu rachitique, mais la décoration était réussie et j'avais hâte d'être enfin le 25 décembre. Mon père a déposé les cadeaux qu'il avait apportés de Montréal sous l'arbre, et on a fait la rencontre d'Alexandre. Était-il beau ? Difficile à dire, il semblait timide et un peu effacé. J'ai fait une blague qu'il a pas trop comprise et on est restés comme deux épis de blé d'Inde à se regarder.

O.K., je dois chercher le positif dans tout. Euh... C'est bon, du blé d'Inde... (célèbre citation du Maître Jedi).

Donc, ce cher Alexandre connaissait bien Paris. Ses parents étant professeurs, un en histoire et l'autre en anthropologie, il allait m'apprendre beaucoup de choses. Joie ?

Ai-je dit que je voulais me gaver de crêpes ? Ne surtout pas faire des cours de rattrapage en histoire pendant mes vacances ?

Je lui ai répondu... *Yeah,* tu dois connaître des boutiques géniales... Eh bien non, Alexandre Préfontaine détestait faire du « *shopping* » (comme ils disent en France). C'était lourd. Il était ennuyant et il essayait de m'impressionner avec ses connaissances, mais moi, j'étais plutôt découragée.

Oh, comme les parents étaient contents d'apprendre que nous allions tous à Carcassonne pour le mariage du cousin de la belle-sœur du chose. J'ai pas tout à fait suivi, parce que dans ma tête ça a crié... il va pas me suivre partout, l'épi de maïs ?

Trois jours à Paris et ensuite, on monte tous dans le véhicule des Préfontaine... Mais oui, il y a de la place pour tous, affirma la mère, genre trop heureuse d'avoir des compagnons pour la route et hop ! c'était décidé. *Dad* avait l'air tellement content. Au secours, je peux réserver la place sur le toit ? Je ne veux pas me retrouver collée contre le ver de terre.

Le lendemain, je prenais mon petit déjeuner dans la chambre, chocolat chaud, croissants et confiture, le bonheur ! ! ! Quand on a frappé à la porte. J'ai regardé l'heure, neuf heures précises, pas une minute de plus, Alexandre était là avec un plan de la ville dans les mains. J'avais tricoté une stratégie pendant la nuit pour arriver à me débarrasser de l'épouvantail. J'ai pensé lui rendre les visites pénibles et finir par lui proposer qu'on se sépare : « Je ferai ce que je veux et toi, tu pars de ton côté et on ne dit rien à personne... » C'était sans compter sur le sens aigu des responsabilités du gars qui se sentait investi d'une mission existentielle... Me faire découvrir Paris !

Je ne savais pas encore à quel point c'était important pour lui.

Ce matin, visite du Musée Cluny, un musée du Moyen Âge dans d'anciens bains romains. C'est à côté, ça se marche très bien.

En route !

— Tu sais que la ville de Paris est divisée en arrondissements ?

— Oui et Montréal aussi maintenant.

— Oh... et tu sais que c'est fait comme un colimaçon ?

— Pardon... comme quoi ?

— Un escargot si tu préfères... Le premier est au centre et après, c'est comme la coquille d'un escargot, les numéros augmentent.

— Ahhhh... (j'ai essayé d'avoir l'air intéressée).

Arrivée au musée, je me souvenais d'y être venue petite, mais c'était trop loin dans ma mémoire. Une superbe bâtisse ancienne nous attendait. On passait par la cour intérieure et on découvrait pendant la visite que c'était d'anciens thermes romains. C'est étonnant quand même. Puisque les Romains n'avaient pas l'eau courante à la maison, ils venaient tous les jours faire leur toilette dans un lieu public. Ils discutaient tout en se lavant. Moi qui déteste me brosser les dents devant quelqu'un, j'aurais pas supporté de me laver devant tout le monde !

Précision apportée par Alexandre, les thermes sont gallo-romains... Pardon, messire.

Alexandre s'est immobilisé, comme un chien de chasse en arrêt... subjugué par ce qu'il voyait. Je me suis approchée pour découvrir une vieille sandale... euh ?

—Tu te rends compte ? Un homme portait cette sandale il y a deux mille ans ? Et on voit la trace de son pied.

Oui, je vois bien la marque des orteils laissée dans le cuir... mais bon, il y avait vraiment de quoi s'extasier ? J'étais peut-être insensible à quelque chose de plus fort que moi.

Je ne peux pas dire que c'était pas magnifique... c'était incroyable de penser que des gens avaient fait tout ça il y a si longtemps. J'étais encore fatiguée et le décalage horaire me rendait sûrement moins réceptive... jusqu'à ce que j'entre dans une salle... sombre et ronde. Et là, j'ai été soufflée, comme emportée par la beauté de la pièce. J'étais seule au centre, Alexandre traînait un peu derrière... Tout était noir, sauf un éclairage dirigé vers une tapisserie hallucinante. *La Dame à la licorne*. Pas une, mais six tapisseries médiévales, au fond rouge profond, qui allaient du plafond au plancher... Je peux pas dire pourquoi, mais une véritable émotion m'a saisie... C'était juste trop beau !

Alexandre est arrivé avec quelques touristes et le charme s'est rompu. Mais je me souviendrai toujours de l'émotion que j'ai ressentie. Je voulais tout savoir au sujet de ces tapisseries. J'ai acheté un livre, une reproduction et un foulard.

On s'est arrêtés manger un sandwich à une terrasse et je regardais le livre en silence pendant qu'Alexandre cherchait à me faire la conversation. J'avais envie de lui dire : « Pas besoin de parler... tu vois bien que je suis occupée. » Mais j'ai pas osé. Il parlait, parlait... et j'écoutais qu'à moitié.

Paris s'appelait Lutèce à l'époque des Romains. Avant, c'était un marais où vivaient les Parisii, qui étaient des pêcheurs... C'est à cause d'eux que Paris porte ce nom.

—J'ai un ami qui habite une péniche, tu veux qu'on y aille ?

— Une vraie de vraie péniche sur la Seine ? C'est vrai ?

— Oui.

Ahhh génial. Le long de la Seine, il y a des bateaux plats, appelés péniches, et j'avais toujours rêvé de voir de quoi ça avait l'air à l'intérieur. Il me semble que j'aimerais bien vivre sur un bateau; et pourquoi on n'en a pas à Montréal ?

Peut-être parce qu'en hiver, l'eau gèle au Québec, ça ne doit pas être propice.

Je suppose que si c'était possible, ça existerait déjà.

Un jour, je vivrai sur un bateau... c'était décidé... Cette visite éveillait des rêves en moi.

Arrivés à la péniche, on a frappé à une porte basse, pas de réponse. Joie éphémère... visite ratée. J'aurais dû m'en douter.

On a décidé de réessayer plus tard ou le lendemain. :(

On marchait le long de la Seine tranquillement.

— Qu'est-ce que tu aimes dans cette tapisserie ? m'a demandé Alexandre.

— Tout, la couleur, le style... la lumière... je l'imagine dans une pièce... les gens qui l'ont commandée et qui vivaient en regardant cette merveille.

—Ils mettaient des tapisseries pour isoler les murs, en fait.

—Isoler de quoi ?

—Du froid... des courants d'air. Ils n'avaient pas le chauffage et l'hiver pouvait parfois être assez rude dans certaines régions de France.

Pourquoi tout devenait si ennuyeux avec lui ?

C'est alors que quelque chose s'est produit... et c'est trop là que tout a commencé !

—Tu aimes le Moyen Âge ?

—Je crois que oui. C'était une belle période pour l'art... Pour la musique, les troubadours, les chevaliers, les ménestrels... Il y a quelque chose de romantique qui me plaît bien. En même temps, je sais que les conditions de vie ne devaient pas être drôles. Surtout pour les pauvres... mais c'est vrai que j'aime cette époque.

—Très bien, a-t-il dit en faisant une boule avec son plan pour le lancer dans une poubelle. On va changer la visite. Moi, j'aime bien les Gallo-Romains, mais si tu préfères l'époque médiévale... J'ai deux ou trois trucs à te montrer.

Tout à coup, quelque chose me disait que ça deviendrait peut-être plus intéressant. Je ne pouvais imaginer que tout ça allait m'amener dans une grotte au fond d'une montagne hostile.

Alexandre m'a annoncé qu'il allait satisfaire ma curiosité. Euh, j'ai l'air d'avoir une curiosité autre que de faire les boutiques et de me gaver de crêpes ? Surtout que demain, c'est Noël et que j'ai toujours pas de cadeau pour mon père et mon frère. J'aurais dû en profiter pendant que j'étais à la boutique du musée pour leur trouver quelque chose, mais j'étais trop concentrée sur ma *Dame à la licorne*.

J'ai eu un éclair de génie, genre… eh oui, ça m'arrive. J'ai commencé à bâiller en m'excusant. Je lui ai expliqué que j'étais en plein décalage horaire et que je ferais bien une petite sieste. Il a compris et, galant, il a proposé de me ramener à l'hôtel… :)

Chapitre 8

Arrivée à l'hôtel, j'ai grimpé l'escalier sans être vue. La dame à la réception était dans son bureau... Je suis entrée dans la chambre de mon père, sans faire de bruit, et il dormait... Joie !

J'ai attendu quelques minutes d'être certaine qu'Alexandre était bien reparti et je me suis faufilée vers la sortie. Avec un peu de chance *Dad* va s'imaginer que je suis encore en train de visiter Paris avec le somnifère.

Je savais très bien où je voulais aller... faire les boutiques...

Paris me voilà ! ! ! ! :)))

On dirait qu'à Paris, il n'y a que des magasins. On trouve de tout, des boutiques de parfums raffinés, avec des centaines de bouteilles pour vous aider à créer votre propre fragrance. Des boutiques de bougies, de sacs, des papeteries aux papiers les plus fins et aux stylos les plus fous et des livres, des bijoux, des parapluies... mais de tous les styles : bijoux rigolos, bijoux chics... papeterie rustique ou de prestige.

On pourrait marcher des heures à ne regarder que les vitrines... des heures ? Des jours en fait, genre, on pourrait marcher toute une année et on n'aurait pas vu toutes les boutiques encore.

Ça n'a pas été long pour que je sois tétanisée devant une vitrine où était présentée la plus belle robe que j'avais jamais vue de ma vie. Une de ces tenues qui change n'importe quelle femme en fée... ou en déesse... vous savez, le tissu semble léger et tomber doucement ? Elle était là devant moi, la robe que je voulais porter à mon bal. Aucune idée du nom de ce tissu délicat, mais la couleur grenadine (selon ce que m'a dit la vendeuse, un rouge clair tirant un peu sur le rose) était éblouissante. Je ne pourrais pas la décrire en lui rendant tout à fait justice. Je vous assure, sur le mannequin dans la vitrine, c'était tellement ce que j'avais toujours rêvé d'avoir.

Je me suis décidée à entrer. La vendeuse semblait méfiante et me regardait avec l'air de croire que je n'avais pas les moyens de fréquenter sa boutique. Je lui ai demandé le prix de la robe et après avoir fait trois fois le calcul de ce que ça représentait en dollars, j'ai réalisé qu'elle était moins chère que je pensais. C'était pas tout à fait inabordable... Bon, c'était presque le budget total de mes dépenses prévues pour toutttt le voyage. Mais c'était dans mes moyens.

Ça serait une folie, parce qu'il ne me resterait presque plus d'argent (pour ne pas dire pas du tout), mais en même temps, allais-je un jour retrouver une robe aussi magnifique ?

Alors, je l'ai essayée... et c'était trop comme si elle avait été cousue sur moi. Malade ! Une robe longue, presque droite... une ouverture le long de la cuisse... un rien d'asiatique avec un petit col droit. Elle était sensuelle parce qu'elle suivait le corps et l'attention était sur l'ouverture de la jambe qui dévoilait la cuisse. Pas de décolleté trop profond qui en montre trop.

Ma mère dit souvent que si les femmes en montrent trop, c'est comme un buffet à volonté, au début ça donne faim, mais après quelques bouchées, ça coupe l'appétit... Cette robe était parfaite.

Je l'ai achetée... et tant pis, des occasions comme celles-là n'arrivent pas souvent. La dame ne me regardait plus avec son air méfiant quand j'ai sorti mon argent pour payer.

Une fois dehors, avec mon superbe sac coloré... Bang, la culpabilité m'a frappée. D'accord, j'avais besoin d'une robe et celle-là était superbe... Mais je devais trouver des cadeaux pour mon père et mon frère. Il ne restait presque rien à mon budget. J'aurais dû prendre le temps d'y réfléchir plus longtemps. Je m'en veux tellement quand je suis impulsive.

Je marchais le long de la Seine quand j'ai vu un marchand de vieux livres. Je suis allée fouiller un peu dans son étal et j'ai découvert ce que je cherchais.

Un livre magnifique avec d'anciennes photos de la France. De vieilles photos, en noir et blanc, qui nous montraient les rues de Paris, une terrasse et des villages anciens. C'était amusant de se plonger dans le siècle dernier. Mon père allait adorer ce livre. Plus loin, il y avait une affiche d'une vieille pub d'essence avec une voiture très amusante. Mon frère aime beaucoup ce type de poster. Je bouclais mon budget... Il ne me restait plus rien pour le reste du séjour et on n'en était qu'au premier jour.

Bravooooo Savannah... tu as tellement un don avec l'argent. Dans tes mains, il fond...

Pathétique !

J'allais devoir utiliser un peu de mon fonds d'urgence... mais au moins, j'avais de beaux cadeaux de Noël. Tant pis pour l'emballage, l'important, c'était que mon père et mon frère allaient être trop heureux.

Il fallait camoufler tout ça ? Surtout la robe. Si mon père l'avait vue, il se serait douté que j'étais sortie sans sa permission. Hop ! dans mon sac à dos. Le tissu délicat permettait qu'elle se glisse sans problème dans le fond de mon sac.

Justement, je passais devant un kiosque de journaux et j'ai vu ce grand journal illustré et voilà, mon emballage était trouvé. J'allais prendre quelques pages du journal et ça ferait un papier original pour mes paquets et genre pour seulement quelques sous.

Hop ! le journal était dans mon sac à dos.

Chapitre 9

Identification visuelle ?   **Chambre d'hôtel**
                                              à Paris
Identification auditive ?   **Cloches, c'est Noël ! ! !**

Je réfléchissais seule dans ma chambre bleue et jaune au dernier étage de ce vieil immeuble. Mes présents étaient emballés et prêts... Devais-je offrir un cadeau de remerciement à Alexandre ? J'allais demander à *Dad*, des fois qu'il aurait déjà prévu quelque chose. J'ai tenté de calculer le décalage avec Las Vegas pour savoir à quelle heure appeler m'man, mais j'allais devoir demander de l'aide à la réception, parce que j'avais beau essayer, j'y arrivais pas. Trois heures de moins qu'à Montréal et ici, six heures de plus ou le contraire ? Je ne sais plus.

J'avais un problème d'argent à résoudre et comme j'étais pas trop fière de moi, j'ai pensé que je pourrais retourner le livre sur *La Dame à la licorne* et ne garder que le foulard... et la reproduction ? Malheureusement, c'était fermé et je ne pensais pas avoir le temps de repasser par là avant le départ. Pourquoi je suis comme ça ? Je ne réfléchis pas, quand j'aime quelque chose ou quelqu'un, c'est absolu, immédiat et sans réflexion. Ça me fait faire des choses que je regrette après.

On dit partout à la télé que ma génération a tout et qu'on ne sait plus faire de choix. On veut tout, tout de suite, on serait incapable d'attendre. C'est peut-être vrai.

J'étais un peu triste toute seule dans ma petite chambre et j'ai décidé d'appeler Milan pour prendre des nouvelles du Café... O.K.K.K.K. c'était trop un prétexte pour lui parler et lui souhaiter un joyeux Noël, mais... là, pendant que je composais, la culpabilité m'a reprise... une petite voix m'a dit :

— Qui paie pour cet interurbain ? Toi ? Non, ton père !

— As-tu vraiment besoin de lui parler ? Non, c'est une excuse.

— Tu trouves pas que tu as assez dilapidé ton argent pour aujourd'hui ? Oui ? Alors raccroche.

J'ai fermé l'appareil à contrecœur.

La veille, personne ne s'était rendu compte de mon absence. Nous sommes allés souper à quelques pas d'ici dans un très ancien restaurant, vraiment *cool*, chez Polidor. Il y avait de longues tables que tout le monde partageait. On était assis à côté de gens qu'on ne connaissait pas, comme à l'époque de l'ouverture du restaurant, en 1845. Il y avait un vrai menu français, à l'ancienne. J'ai pris la volaille aux morilles (champignons trop délicieux).

En voyage, il faut s'ouvrir aux goûts des autres. Surtout, on ne doit pas chercher à retrouver ce qu'on a à la maison. Les choses sont différentes et c'est tant mieux. Ici, le beurre est souvent non salé et ils mangent de la baguette pour déjeuner. Il ne faut pas s'attendre à avoir nos toasts de pain blanc tranché et du beurre de *peanuts,* ils n'en ont pas. C'est ce qui est génial de voyager : essayer autre chose.

Quand ils ont déposé la cassolette en cuivre devant moi, j'ai respiré l'odeur des champignons et j'ai ouvert le couvercle sur un plat qui vaporisait du bonheur... Eh oui... quand je mange, je deviens poète. Des morceaux de poulet baignant dans une sauce à la crème qui sentait divinement bon.

J'ai raconté nos visites de la journée et j'ai dit que j'étais rentrée pour faire la sieste. Finalement, Loup nous a confié qu'il était allé marcher dans le jardin du Luxembourg où il avait observé les gens et était rentré à l'hôtel. Palpitant ! (C'est une blague, je ne lui enviais pas sa journée finalement.) Je ne sais pas si c'était vrai dans son cas, mais moi, j'avais menti. Mon père avait l'air tout content d'avoir des enfants aussi disciplinés... Hé, hé. ;)

J'ai encore senti monter la culpabilité, mais cette fois, je lui ai dit... Hé, ho... Ça suffit là. Bon !

On est repartis tous les trois, heureux d'être ensemble dans cette ville magnifique. On a descendu la rue Monsieur le Prince où est situé le restaurant, et on était bien. J'ai frissonné et j'ai réalisé que j'avais oublié mon chandail au restaurant. Mon père m'a donné des allumettes avec les coordonnées, en me suggérant d'appeler en arrivant à l'hôtel et de faire mettre mon chandail de côté. On passerait le reprendre avant notre départ.

En marchant, on croisait des gens qui chantaient. Les Parisiens sont toujours très occupés, mais ils savent faire la fête quand il faut.

J'ai enfin bien dormi. C'était le matin de Noël et je faisais le bilan.

Mon chandail m'attendait au restaurant. Mes paquets étaient emballés... C'était Noël et je devais me préparer pour aller chez les Préfontaine. Mais en attendant, quoi faire si ma conscience m'interdisait de téléphoner à Montréal pour prendre des nouvelles ?

On a frappé à la porte, je ne pouvais pas croire qu'Alexandre se repointait pour une autre visite... Eh bien oui, bingo, au garde-à-vous devant ma porte. Il prenait décidément mon cas trop au sérieux. Comme tout était fermé par cette belle journée, il a proposé qu'on aille marcher.

Au moins, on a pris le métro, ce qui était une belle expérience. En descendant les marches, j'ai pensé que c'était cent fois meilleur pour la santé et si on avait moins d'ascenseurs et de trucs automatiques chez nous, peut-être que les gens seraient plus en forme.

Le métro de Paris est incroyable, il mène partout. Efficace et simple à comprendre, malgré ses huit millions de stations (j'exagère à peine). On est sortis dans le Marais. Je ne savais pas où on allait, mais j'avais décidé de tenter de rester calme et de m'amuser.

Super Jedi à l'action. Somnifère parlait de tout et de rien et je réussissais à faire semblant de l'écouter… je ferais une bonne politicienne… Ah, ah.

Le Marais est un très vieux quartier de Paris. Je découvrais de nouvelles boutiques et j'ai insisté pour qu'on s'arrête acheter des macarons. Il y en avait de toutes les couleurs dans la vitrine et je n'ai pas pu résister.

J'en ai mangé un tout de suite et j'ai fermé les yeux pour mieux sentir le croquant faire place au moelleux sur la langue, quand une main m'a tirée en arrière brusquement. J'ai entendu un cri et des bruits de freins… en ouvrant les yeux, j'étais revenue sur le trottoir.

J'avais failli me faire frapper par une voiture qui tournait le coin… J'étais un peu gênée devant Alexandre et je l'ai remercié. Je lui ai offert un macaron et il l'a accepté simplement. Il était peut-être ennuyant, mais bon… Il venait de m'éviter un accident, il faut bien reconnaître qu'il était plutôt gentil.

Il s'est arrêté devant une maison qui semblait vraiment très ancienne et il m'a dit :

— C'est la plus vieille maison de Paris. Elle appartenait à Nicolas Flamel.

— Hein ? Voyons, ça se peut pas. Je me souviens très bien de ce nom. Je l'ai lu dans *Harry Potter*. (Il va me faire croire que plus loin, il y a celle de Dumbledore ?)

— Bien oui, regarde la plaque...

C'était bien écrit que la maison appartenait à Nicolas Flamel.

— Mais c'est un personnage d'*Harry Potter* !

— Tu as raison... mais en fait, je pense que c'est le seul personnage de la série de livres qui soit réel. Il a vraiment existé. C'était un homme très connu et respecté. On dit qu'il était très riche et qu'il était alchimiste... Tu sais ce que c'est ?

— Euh, l'alchimie... eh bien, ce sont des gens qui transforment euhhhh... le plomb en or, ou quelque chose du genre ?

— Oui, les métaux en or. Tiens, regarde ce qu'il y a d'écrit sur la plaque ici.

« *Nous homes et femes laboureurs demourans ou porche de ceste maison qui fut faite en l'an de grâce mil quatre cens et sept somes tenus chascun en droit soy dire tous les jours une paternostre et un ave maria en priant Dieu que sa grâce face pardon aus povres pescheurs trespasses Amen »*

— Et ça veut dire quoi ? (J'y comprenais pas grand chose parce que c'était du vieux français.)

— Que la maison a été construite en 1407 et que les gens qui y étaient accueillis devaient dire des prières tous les jours. Flamel et sa femme recevaient les pauvres et les malades. Ils étaient très généreux et la raison de leur fortune est encore un peu mystérieuse. C'est pourquoi beaucoup de gens imaginent qu'il était alchimiste ou bien qu'il possédait la pierre philosophale qui avait le pouvoir de changer les métaux en or.

— Wow.

Je ne trouvais rien d'autre à dire. La maison était ancienne et avait abrité tant de gens pendant toutes ces années. L'an 1407 : Alexandre m'emmenait sur les traces du Moyen Âge.

— C'est sans doute faux et il n'a vraisemblablement jamais habité cette maison. C'est la seule qui reste de toutes celles qu'il possédait. Flamel était écrivain public. Les gens ne savaient ni lire ni écrire, ils étaient analphabètes, il fallait que d'autres le fassent à leur place. En plus, il était libraire et copiste. Avant, c'était seulement les moines qui avaient le droit de copier les documents. Tu sais que si certains mots ont des doubles consonnes, c'est de leur faute ? Les copistes étaient payés à la lettre, alors pour faire plus d'argent, ils en ont doublé certaines.

On marchait et je l'écoutais en essayant de m'imaginer cette ville il y a six cents ans. Les rues boueuses, la pauvreté, les gens malades. Les chevaux qui galopaient dans les rues en renversant les enfants. Les charrettes et les bœufs, poules, cochons et autres animaux qui gambadaient librement dans les rues.

— Tu vois le nom de la rue ? Les Templiers. Tu sais qui ils étaient ?

— C'étaient des chevaliers non ? Ils sauvaient des gens ? Je sais pas trop.

— Les Templiers ont été créés pour assurer la sécurité des pèlerins qui allaient à Jérusalem... Neuf jeunes nobles de la région de Champagne. En fait, je ne pense pas qu'à si peu de personnes, ils pouvaient honnêtement imaginer pouvoir sécuriser tous les pèlerins. Mais ils sont allés à Jérusalem et se sont installés près du temple de Salomon, où ils ont fait des recherches... et voilà qu'à la fin, près de deux cents ans plus tard, ils avaient des milliers de membres, plus de neuf mille demeures, une fortune colossale, alors que le roi de France était presque en faillite. Ils étaient puissants, avaient une armée et même le pape les respectait... ou les craignait. C'était une sorte d'État dans l'État et le roi en voulait à leur or et leur trésor.

— Ils ont disparu pourquoi ?

— Le roi Philippe le Bel était jaloux... il voulait leur argent et leurs biens... Il les a fait arrêter et condamner. On dit qu'ils auraient découvert des secrets dans le temple. Des trucs concernant l'alchimie, la géométrie et les mathématiques. Peut-être même un trésor important.

On était de retour dans le métro. Un accordéoniste jouait des airs de Noël. Le wagon était plein et je ne posais plus de questions. Où on allait... ça n'avait pas d'importance. J'étais à Paris depuis seulement deux jours et depuis ce matin, je n'avais pas eu le temps de penser à Milan. Ces Templiers m'intéressaient de plus en plus.

Nous étions sur l'Île de la Cité. Le cœur de Paris, le début du début... C'était le premier arrondissement. C'est là que la première ville est née. Dans les marais du bord de la Seine. Une île qui assurait la protection des habitants.

On a marché et on est arrivés, au bout de la pointe de l'île, dans un parc appelé le square du Vert-Galant – c'était le surnom du roi Henri IV. « Ah ben, ça devait être joli s'il avait le teint vert. Peut-être qu'il venait de Mars... ha ha ha... » Alexandre n'a pas ri. J'avais oublié quelques secondes qu'il était trop sérieux pour comprendre mon humour.

Voilà, c'est ici que Jacques de Molay, le dernier Grand Maître des Templiers, est mort brûlé, après des tortures incroyables, où il a fini par avouer n'importe quoi. Il aurait même dit que sa mère venait de Jupiter si on le lui avait demandé. Les Templiers étaient trop riches, ils faisaient de l'ombre à la couronne et le roi était malade d'envie.

Moi qui rêvais du Moyen Âge avec les troubadours et les jolies damoiselles, me voilà en pleine réalité cruelle. Les pauvres gens se faisaient martyriser s'ils ne pensaient pas comme le gouvernement. Écrapoutis, aplatis, ébouillantés, étirés, déchirés et puis écartelés... je comprends qu'ils aient avoué n'importe quoi.

— Voilà... le 13 octobre de l'an 1307, Philippe IV le Bel a fait arrêter le Grand Maître des Templiers et tous ses chevaliers. Partout dans le pays, en même temps, exactement. Cependant, certains semblent avoir réussi à s'échapper. Et voilà où je voulais en venir... Ils n'ont jamais trouvé le trésor. Ils ont mis la main sur des domaines, des vignes et des propriétés... mais de l'or et du trésor ? Rien.

— Hein ? Comment ça ?

— Il a disparu... et on le cherche toujours. Les Templiers ont caché le trésor avant d'être arrêtés, sans doute dans un de leurs fiefs.

— Et il est où ?

— Personne ne le sait. On a bien quelques indices, mais c'est toute une histoire que cette chasse au trésor.

C'est comme ça que le jour de Noël, je me suis mise à rêver que moi, Savannah Corbeil Béliveau, j'allais découvrir un trésor que des milliers de gens avaient cherché depuis genre sept cents ans... O.K., Alexandre était peut-être plate à mort, mais il avait le don de nous faire croire à n'importe quoi.

Il m'a annoncé que depuis quelques années, il ramassait les indices laissés par les Templiers sur le lieu où ils auraient caché leur fortune. Il allait me montrer son dossier ce soir et déjà, j'en salivais de curiosité.

Chapitre 10

À dix-neuf heures, j'étais devant la porte de l'appartement d'Alexandre, fébrile et curieuse à l'idée de découvrir sa recherche sur les Templiers. Après tout, on pourrait peut-être le trouver, ce trésor, et ça serait vraiment trop *cool*.

D'abord, il fallait se plier aux traditions. Un verre de champagne (rempli de jus de pomme pour moi) à la main, je regardais Alexandre et j'avais des doutes. Est-ce que ce jeune homme pouvait détenir quelque secret que ce soit ? Est-ce qu'il me faisait marcher avec ses mystères ? Il ne semblait pas pressé de revenir sur le sujet.

Doutes. Ô_o

Les bouchées étaient plus étranges les unes que les autres. On nous passait des canapés (pas des divans, des hors-d'œuvre comme on dit chez nous).

Euhhhh… pas sûre, c'était du caviar et du foie gras… ça sentait le poisson et la bouffe pour chat… j'ai pas osé en prendre. Pourtant, tous les adultes s'extasiaient devant tant de merveilles. À les entendre, c'était la nourriture des dieux. Il ne faut pas toujours chercher à les comprendre, parce que les adultes ont parfois des codes étranges.

J'ai vu Loup jeter sa bouchée dans sa serviette en papier, ça m'a rassurée. On ne devient pas des croûtons pas de goût trop tôt dans la vie. En même temps, ça fait partie des choses qu'on ne partage pas d'un pays à l'autre et qu'il faut accepter et essayer. Alors, je me suis lancée et j'ai goûté au caviar et franchement, c'était pas génial, mais c'était pas aussi affreux que je pensais. J'étais fière d'avoir au moins essayé. :)

Il y avait des amis des Préfontaine. Des Parisiens qui adoraient l'accent de mon père. Moi, j'hésitais à ouvrir la bouche de peur de me faire dire : « Oh comme elle est mignonne avec son accent d'un autre temps ! »

Il a quoi, notre accent ? Ils riaient et disaient que c'était tellement charmant de nous entendre... et nos expressions aussi étaient colorées... Etttt... patati... mais j'avais envie de leur dire : « Et vous, votre accent ? Vous en pensez quoi ? »

C'est Loup qui a posé la question. Il y a eu quelques secondes de silence et Loup a ajouté : « Parce que l'accent parisien, il est aussi assez coloré, non ? En tout cas, pour nous l'accent français, c'est amusant... » Re-silence... Ils ont finalement ri et ils ont affirmé : « Mais non, les Parisiens n'ont pas d'accent ! »

Pardon ?

C'est alors que j'ai compris que les accents sont quelque chose qu'on n'entend que chez les autres. Les Parisiens n'entendent pas leur accent et imaginent que tous les autres en ont un sauf eux.

Heureusement, c'est le moment qu'avait choisi madame Préfontaine pour apporter l'entrée. Oh ! malheur... C'était des huîtres, « arrivées le matin même d'Arcachon. Toutes fraîches »... Au secours !

Fraîches ou pas, j'avais l'impression qu'elles me regardaient dans les yeux en me disant... tu ne vas pas me manger, hein ?... C'était gluant, visqueux et vivant... arggg... Mon père a avalé justement celle que je venais de baptiser Joséphine. Je regardais les gens les avaler et j'avais trop envie de m'enfuir. Faut dire que la discussion sur la politique québécoise m'endormait un peu et je me concentrais de plus en plus sur les huîtres qui pataugeaient dans l'eau de la glace en train de fondre.

Loup et moi, on se regardait avec inquiétude. La suite pouvait être quoi ? On s'était repliés sur le pain. Repli stratégique pour avoir l'air de manger tout en évitant de toucher aux pauvres bestioles. Alexandre ne semblait pas s'interroger, il gobait mes Joséphine et n'écoutait pas la conversation.

Enfin, ils ont servi une dinde aux champignons sauvages. C'était délicieux. Le plateau de fromages qui a suivi était gargantuesque et le dessert était excellent. O.K., j'ai trop dû faire une croix sur la tourtière et les beignes que j'espérais tant. Mais c'était pas mal du tout.

Il a fallu attendre après la fameuse bûche de Noël aux pralines pour enfin pouvoir ouvrir nos cadeaux.

Papa était très content de son livre et Loup avait l'air enchanté par son affiche. *Dad* avait pensé aux Préfontaine et il leur avait apporté des produits de chez nous : sirop d'érable, sucre d'érable et saumon fumé Sockeye. Pour Alexandre il avait apporté le dernier CD du pianiste Alain Lefèvre.

C'était mon tour, mon père m'offrait de l'argent à dépenser dans les boutiques, *yeahhhh*, mon budget venait de reprendre un peu de poids. J'ai ouvert le paquet qui venait de mon frère et j'ai trop ri. Il avait volé les produits de la salle de bains de l'hôtel. Petit kit de couture, shampoing, savon, bonnet de douche... Je trouvais ça très drôle, mais mon père a dit qu'en rentrant, nous en parlerions à la réception.

Il y avait un autre cadeau, je l'ai ouvert et c'était une petite boîte ronde qui s'ouvrait sur un ravissant miroir.

— Je l'ai acheté chez un brocanteur, a dit Loup en souriant.

— Merci, il est vraiment très beau.

J'étais touchée par son attention.

L'extérieur était en nacre et la lumière jouait sur les écailles. C'était un bel objet et j'étais très contente que Loup ait pris le temps de chercher quelque chose pour moi.

Pendant que les adultes-parents, en tout cas... les autres personnes, mettons, prenaient leur café... Alexandre et moi sommes allés dans sa chambre.

Une chambre vraiment petite et sur le long. Il y avait des livres partout. Des tablettes encadraient même la porte pour faire de la place aux livres d'Alexandre. Il y avait des affiches de son équipe de soccer préférée (ils disent football, c'est un peu mélangeant).

—Regarde. C'est un livre qui n'a jamais été publié.

—Ah, et ?

—Il parle des Templiers... qui ont sans doute découvert des secrets très anciens, probablement des documents venant d'Égypte. Des secrets sur la construction. En tout cas, ils ont découvert le nombre d'or.

—Le quoi ? Tu es sûr que c'est quelqu'un de sérieux qui a écrit ça ? C'est pas un genre de secte ton affaire ?

—Non, pas du tout. C'est très sérieux. Ce que je te dis est très connu. Tu vois, ici, il explique qu'ils vouaient une sorte de culte à Isis, la déesse égyptienne.

— Bon, c'est possible, mais tu me racontes ça pourquoi ?

— Parce que le Moyen Âge c'est ça, un monde où une partie de la population était enchaînée par la religion. On devait suivre les principes de l'Église, sinon, c'était la question (c'est-à-dire la torture). Alors, les savants devaient cacher leurs secrets et leurs découvertes de peur d'être arrêtés pour hérésie (c'est-à-dire : avoir des idées contraires à la doctrine de l'Église). Ils utilisaient donc des écritures codées, comme Nostradamus, qu'on cherche encore à traduire, ou Léonard de Vinci, qui écrivait à l'envers – on ne peut le lire qu'à l'aide d'un miroir. Les informations étaient passées d'un initié à un autre. C'est pourquoi ils ont créé des sociétés secrètes.

— Alors, tu crois que les informations sur leur fameux trésor ont été codées quelque part.

— Oui... j'en suis convaincu.

— Et tu penses que toi, Alexandre Préfontaine, Québécois vivant à Paris, tu vas découvrir ce que des centaines de personnes n'ont jamais découvert ?

— Je n'en sais rien, mais je crois que je pourrais essayer.

— Et c'est avec ce livre que tu vas y arriver ?

— Non... Ce livre parle des Templiers... et nous fait comprendre certains de leurs symboles. Mais il ne dit rien de leur code secret ou à quels endroits ils cachaient leurs trésors. Mais, voilà... Je sais où il y a un document qui pourrait nous aider à trouver le trésor dans l'Aude.

— L'Aude ? C'est pas la région de Carcassonne ?

— Exactement, j'ai l'intention de faire des recherches pendant mon voyage et puisque je dois m'occuper de toi, je n'ai pas d'autre choix que de t'informer.

— Tu le dis toi-même... ce livre ne te donne aucune information.

— Non, mais si on peut mettre la main sur le fameux document, en plus de ma recherche... (*Il m'a montré un dossier ficelé...*) On aurait beaucoup d'avance sur les autres. J'ai mis tous les éléments connus dans ce dossier. J'ai des reproductions et des photos. L'histoire de Rennes-le-Château et tous les indices ramassés sur Internet.

Sa recherche était volumineuse, impressionnante même. Est-ce que je vous ai déjà dit que j'étais curieuse ?

— Tu es avec moi ou pas ?

— Tu veux que je fasse quoi ?

— Que tu m'aides à emprunter le document de mon père, caché dans son bureau. On en fait une photocopie et on le remet en place. Tout ça, sans se faire voir.

— Un vol ?

— Non, un emprunt… très temporaire. Il est caché dans son bureau à l'université.

— Si ton histoire est vraie et que ton père détient ce document, pourquoi il ne cherche pas le trésor lui-même ?

— Parce qu'il ne sait pas encore tout ce que moi je sais.

— Il ne veut pas te le prêter ?

— Non, il sait que le sujet me passionne et ça l'inquiète.

— Pourquoi ? Il y a un danger ?

— Non… mais les parents, tu sais comment ils sont ? Alors ? Tu m'aides ou pas ?

— Ben oui.

Je n'avais pas résisté à la curiosité. Il m'a laissé ouvrir son document de recherche.

Il y avait des reproductions de pierres tombales. Des photos de grottes et de drôles de dessins sur les pierres. Des photos de tableaux faits par des peintres célèbres et des codes incompréhensibles. Des documents en vieux français, aussi.

Alexandre était-il fou, illuminé, halluciné ou crédible ? Difficile à dire.

— Comment on va s'y prendre, on part demain pour Carcassonne ? je lui ai demandé.

—J'ai un plan... simple et efficace. Demain, on ne part pas avec eux... On va partir plus tard, avec la voiture de mon grand-père... Je m'occupe de tout. Ne t'en fais pas.

—Mon père ne voudra jamais.

—Laisse-moi faire...

Je suis rentrée à l'hôtel, distraite par toutes les images que j'avais vues. J'avais genre tellement hâte au lendemain !

Trois jours plus tôt

Chapitre 11

Au réveil, j'étais courbaturée. J'avais fait d'horribles cauchemars. Je me demandais dans quoi je m'étais embarquée. Entrer dans le bureau d'un professeur d'université sans son autorisation, c'était genre pas trop légal je pense. J'avais fait des rêves où je tombais dans un piège et je me retrouvais dans une prison du Moyen Âge, torturée pour que j'avoue mes secrets alors que je ne savais vraiment pas de quoi ils me parlaient. Ouf. Bon, on va voir aujourd'hui ce qui va se passer.

D'abord refaire mes valises. J'ai mis une bouteille d'eau dans mon sac à dos : le voyage serait peut-être long.

Ce matin, je devais retrouver mon père et Loup au restaurant de l'hôtel pour « petit-déjeuner » tous ensemble.

Les Français n'appellent pas les repas comme nous :

– Leur petit déjeuner : notre déjeuner;

– Leur déjeuner : notre dîner;

– Et leur dîner : notre souper.

Mon père m'avait expliqué, quand j'étais petite, que lors de l'exposition universelle 1889, à l'occasion de l'inauguration de la fameuse tour Eiffel à Paris, les Français faisaient beaucoup la fête, se couchaient très tard et se levaient en fin d'avant-midi.

Les restaurateurs ont eu l'idée d'offrir le déjeuner à midi (pour qu'ils puissent avoir leur premier repas de la journée à cette heure tardive) et le dîner, le soir... et le souper, seulement vers minuit.

Tout ça pour satisfaire le nouvel horaire des Parisiens. Sauf que c'est resté dans le langage populaire. Voilà pourquoi nous n'avons pas la même appellation pour les repas.

Papa était déjà installé à la table pour le petit déjeuner. Loup traînait encore dans la chambre; j'étais certaine qu'il se battait avec sa valise, il n'a jamais eu le don du rangement.

Tout semblait normal, jusqu'à ce que le cellulaire de mon père sonne. Il a répondu et d'un hum, hum interrogatif, à un hum, hum plein de compassion, je n'arrivais pas à savoir ce qui se passait. Il a fini par dire :

— Je ne vois pas de problème à ce que Savannah reste avec Alexandre et arrive un peu plus tard. Oui, oui, je comprends.

Il y eut un temps pendant lequel il m'a regardée et beaucoup de choses ont passé dans ce regard. Je dirais qu'il souhaitait que je sois une gentille fille et que je ne fasse pas de crise.

—Non, bien sûr que non... Savannah n'y verra aucun problème non plus. Justement elle est devant moi, une seconde. (*Il s'est adressé à moi.*) Sav, Alexandre doit passer voir son grand-père ce matin et Micheline (Préfontaine) se demandait si tu pourrais aller avec lui et venir nous rejoindre en voiture pour qu'il ne soit pas seul sur la route. Vous partirez en auto de votre côté.

J'ai eu l'idée de faire des gros yeux. Pour ne pas donner l'impression que je m'attendais à cet appel. J'ai fait la grimace comme si je redoutais sérieusement ce voyage. Résignée, j'ai fait un non de la tête et j'ai haussé les épaules. (On devrait me donner tout de suite un premier prix d'interprétation pour mon talent de comédienne ! :))

—Elle est d'accord et elle est même enthousiaste... Parfait. À tout à l'heure. (*Il a raccroché.*) *Come on*, ne fais pas un drame, Sav. Ça ne peut pas être si terrible que ça.

—C'est tellement pas toi qui vas devoir écouter monsieur plate, comme dans giga plate à mort, te raconter l'histoire du monde comme si tu étais une nouille trop cuite.

—Tu mettras la radio et tu écouteras de la musique.

—C'est ça, ai-je dit en soupirant.

Donc Alexandre avait bien un plan ? Il avait réussi à nous séparer du groupe et nous aurions le temps de passer à l'université. J'ai eu un frisson en me rappelant mon rêve, mais la curiosité est une chose étrange qui enterre rapidement tous les doutes et même la mauvaise conscience.

Une heure plus tard, j'envoyais la main à mon père qui partait vers Carcassonne, mais s'arrêtait ce soir à Brantôme, où on les retrouverait un peu plus tard.

Papa, Loup et les parents d'Alexandre partis, on a enfin pu parler.

—Mais comment tu as fait ? Il faut vraiment aller voir ton grand-père ?

—Oui, mais il est notre complice. Je lui ai dit que je voulais avoir le temps de dire au revoir à ma blonde et il a trouvé ça tellement adorable qu'il a tout arrangé. Je peux toujours compter sur lui. Il a fait croire qu'il lui manquait un médicament important et que je devais aller le lui porter. En échange, il a proposé que nous prenions sa voiture.

—Mais tu ne lui as pas dit qu'on allait à l'université ?

—Non. Il faut que personne... mais personne ne le sache... Tu n'en as pas parlé ?

—Non... Mais ton amoureuse, c'est pas moi quand même ?

—J'ai dit que c'était une copine du lycée. T'inquiète pas... tu es prête ? On va d'abord faire la copie du document, ensuite on passe chez mon grand-père prendre sa voiture... Vite, on ne doit pas perdre de temps.

Tout avait l'air si simple que je ne me posais plus de questions, je n'entendais plus la voix intérieure et je ne sentais plus les frissons.

Chapitre 12

L'université n'était qu'à quelques rues de leur appartement et en dix minutes, nous étions devant la porte. Le plan ? Est-ce qu'il y avait un plan ? Je me répétais, ce n'est pas un vol, on ne va faire qu'une simple photocopie... Il n'y a rien de mal à faire une photocopie, non ?

Alexandre avait un sac d'école et moi mon sac à dos, mes valises étaient parties dans la voiture, avec les autres.

— Savannah, il faut avoir l'air naturel. On doit passer pour des étudiants qui se rendent à la bibliothèque.

— Ils ne vont pas vérifier ?

— Ah oui, au cas où, tiens...

Il m'a donné une fausse carte d'étudiante avec une photo qui ne me ressemblait pas vraiment. Bon, elle avait les cheveux brun foncé comme les miens et la photo était de mauvaise qualité. Je devais retenir le nom. Aminata Ghanem ? C'est de quelle origine ?

Ça se prononce comment ? Alexandre était déjà parti et je le suivais en m'interrogeant encore.

Une grande porte très impressionnante servait d'entrée au vieil édifice qui abritait l'université. On a monté les marches et nous étions partis pour l'aventure… Oh, que je ne suis pas aventurière, mais il était trop tard, on ne pouvait plus revenir en arrière.

On marchait dans le corridor et, heureusement, il y avait d'autres jeunes et nous passions plutôt inaperçus au milieu de ce groupe d'étudiants.

Deux étages à monter à pied, de longs corridors, j'avais l'impression qu'on n'en finissait pas de marcher et que le bureau était à l'autre bout du monde.

Alexandre s'est arrêté devant une petite porte dans un couloir désert. J'ai regardé et je ne voyais rien qui ressemblait à une caméra, tout allait bien. Alexandre a sorti un trousseau sur lequel il y avait au moins vingt clés. Il devait toutes les essayer. Au secours… Je commençais à réentendre ma voix intérieure. Savannah, qu'est-ce que tu fais là ? Pourquoi tu n'as pas suivi ton père ? Dans quoi tu t'es embarquée encore ?

Enfin, la bonne clé. Sérieusement, tout ce que je voulais, c'était sortir de là au plus vite.

On est entrés dans le bureau et Alexandre s'est mis à chercher dans les livres de la bibliothèque, pendant que moi, je faisais le guet à la porte.

Moi ? Guetteuse lors d'un méfait ? O-O

— Viiiiteeeee, dépêche-toi ! ! ! Je murmurais à tue-tête, c'est-à-dire aussi fort que possible pour que personne n'entende, mais qu'Alexandre sente quand même la pression.

— C'est pas facile... je ne sais pas où il est.

— C'est pas vrai, on va pas passer la journée ici !

— Attends... (*Il a sorti un dossier vert foncé et il le feuilletait rapidement.*) Il doit être ici. Ah... le voilà.

Enfin. Je voulais courir vers la sortie, mais Alexandre m'a retenue et m'a fait signe de le suivre dans l'autre direction.

Oh nonnnnnnn... Il fallait en plus faire la fameuse photocopie. Alors... On a tourné une fois à droite, deux fois à gauche et on a trouvé la photocopieuse. Jusque-là, on avait beaucoup de chance, on ne croisait personne de la sécurité ni aucun professeur pour nous demander ce qu'on faisait là.

Tout allait bien. On avait notre photocopie et on retournait vers le bureau quand on a aperçu quelqu'un. Vite, on s'est cachés derrière une série de casiers. Mais... ce « quelqu'un » était en train d'essayer d'ouvrir la porte du bureau... DU PÈRE D'ALEXANDRE ! ! ! Un homme d'une cinquantaine d'années, les cheveux gris en tout cas, qui jouait avec la serrure et qui a finalement réussi à l'ouvrir. On a attendu. On entendait du bruit... Et puis, plus rien.

Ça avait duré des heures, non, sans doute que quelques minutes, peut-être dix, mais j'avais les genoux qui claquaient et je n'en pouvais plus de me cacher dans ce petit coin. On ne parlait pas. On ne bougeait pas, sans doute conscients tous les deux que quelque chose de trop anormal se passait.

Alexandre a vérifié si on pouvait retourner au bureau et si la porte était bien refermée. Comme on n'entendait plus rien, on y est allés. Il y avait deux dossiers sur le bureau, qui n'y étaient pas plus tôt. Tout le reste semblait en ordre.

— C'était qui ?

— Aucune idée. Sortons d'ici, a-t-il répondu en remettant le document où il l'avait pris.

— Quoi ? Tu penses que... Il aurait pu nous surprendre... et...

Oh, que je me sentais mal. C'était pas le temps d'avoir un malaise. Mes yeux s'embrouillaient, mes genoux fléchissaient. Pas facile de sortir de là, une chance qu'Alexandre me tenait fermement par le bras.

À la porte, il a pris son temps pour vérifier que personne ne nous suivait. Moi, tout ce que je voulais, c'était partir loin d'ici. J'ai promis de ne plus jamais écouter ma curiosité.

— Mais arrête de trembler comme une feuille, Savannah, tu vas nous faire repérer, m'a lancé Alexandre, impatient.

— Je n'y peux rien... j'arrive pas à me contrôler.

Alexandre m'a pris la main et on a couru jusqu'au métro. On était en route vers chez son grand-père. On se regardait de temps en temps, mais on ne disait rien. Il y avait trop de gens autour. Je commençais à me calmer pendant que lui réfléchissait, visiblement troublé par ce qu'il avait vu.

Chez son grand-père, tout s'est réglé rapidement. À la façon qu'il avait de me regarder avec ses yeux pétillants, je me disais que le papi me prenait pour la nouvelle flamme de son petit-fils. Trop heureux de nous aider dans notre aventure romantique, il a donné les clés de sa voiture à Alexandre et nous avons pris la route. D'abord quitter Paris... et c'est seulement là qu'on a commencé à parler.

— Tu crois qu'il cherchait la même chose que nous... et qu'est-ce que c'est d'abord ?

— Un codex. Un moyen de décoder certains codes secrets. La clé si tu veux. Je ne sais pas qui c'est, ni ce qu'il voulait. Dans le milieu, tout le monde est au courant que mon père a ce document rare depuis quelques semaines. Il lui a été confié par un institut de recherche très important. Mais en fait... ce n'est qu'une copie. L'original est en lieu sûr. Je savais qu'il en avait fait une copie... et je voulais une copie de la copie... l'original est trop précieux pour être laissé dans un bureau sans surveillance.

— Donc, quelqu'un voulait la même chose que nous ?

— Peut-être.

— Mais ne l'a pas trouvée.

— Si c'est ce qu'il voulait, non, en effet, puisque nous l'avions.

— Et ça veut dire quoi ?

Il a éclaté de rire.

— Voyons, Savannah, ne t'en fais pas. On a le codex. Personne ne nous a vus. Tout va bien.

Il semblait tellement fier de lui.

O.K. ... il est fou... ou dangereux ? Il vit dans un autre monde et moi, je ne veux pas de tout ça, je ne veux que... que quoi en fait ? Toute cette aventure trop pas *chill* pour ne pas penser à Milan qui est sûrement déjà dans les bras de Lydia à l'heure où on se parle ? O.K., mettre la radio et espérer retrouver mon *Dad* le plus vite possible.

Deux jours plus tôt

Chapitre 13

On était enfin arrivés à Brantôme dans un très joli hôtel où nous attendaient *Dad* et Loup. C'était un petit détour que nous devions faire pour récupérer une vaisselle fabriquée par un artisan local pour les nouveaux mariés. Un cadeau magnifique.

On appelle Brantôme la « Venise de France » et c'est vrai qu'il y a des canaux qui serpentent la ville. Attablés pour le souper, les parents étaient trop contents de voir le menu. Alors que Loup et moi, on n'y comprenait rien. On a encore échangé un regard complice. J'avais hâte de me retrouver avec lui. Je voulais lui poser des questions et surtout lui demander de ne pas me laisser trop seule avec le fêlé de la sonnette.

Une fois tout le monde parti, j'ai eu la chance d'attraper Loup, qui partageait la chambre de *Dad*. Il attendait une bouteille d'eau à la réception, je l'ai entraîné sur la terrasse. Le ciel étoilé, le paysage sublime et le bruit de la chute d'eau qui coulait à côté calmaient énormément mes nerfs tendus. Je me sentais moins troublée qu'à la sortie de l'université.

— Dis, Loup, tu connais les Templiers ?

— Les Templiers ? Oui, pourquoi ?

— Pour savoir. J'ai visité des endroits intéressants à Paris. Qu'est-ce que tu sais de leur histoire ?

— Bah, qu'est-ce que je sais ? Qu'ils ont été arrêtés un vendredi 13... et que c'est pour cette raison qu'on dit que le vendredi 13 est malchanceux.

— Ah oui ?

— Certains le pensent. Je sais aussi qu'ils portaient une grande cape blanche avec une croix rouge dessus. C'était des chevaliers avec un code d'honneur.

— Tu sais s'ils avaient un trésor ? Ou des secrets cachés ?

— Il paraît qu'ils étaient vraiment très riches. Ça me fait penser au film *Trésor national*, tu sais, avec Nicolas Cage. Ils cherchent le trésor des Templiers, qui aurait été apporté en Amérique par les francs-maçons...

— Je ne m'en souviens pas.

— Mais oui... Et ils parlent du billet de un dollar américain. Quand tu le regardes bien, tu vois les symboles des francs-maçons. La pyramide, l'œil... Et comme certains pensent qu'ils ont remplacé les Templiers...

— Ah oui, ça me revient... Le trésor serait aux États-Unis ?

— Je ne sais pas, c'était juste un film.

— Tu crois que c'est possible que le trésor soit caché en France ?

— (*Il a ri.*) Je pense que s'ils avaient un trésor… où que ce soit, des gens l'auraient récupéré depuis, non ? Après un an ou deux, ils seraient revenus le chercher, tu ne penses pas ?

— Tu as raison… c'est logique.

— Serais-tu sur la trace d'un trésor… ha haaaaa…. Dis-moi tout ! (*Il se moquait de moi.*)

— C'est Alexandre, avec ses histoires. Il raconte n'importe quoi pour se rendre intéressant. J'ai jamais vu un gars aussi fatigant.

— Je peux aller me coucher maintenant ?

— Oui oui… je voulais juste passer un peu de temps avec toi. On ne se voit plus.

— Tout va bien ?

— Oui, pourquoi ? Je ne peux pas te dire que je m'ennuie de toi, ça doit être parce que je tente de cacher quelque chose ?

— Euh… laisse-moi y penser… Euhhh ? Oui.

Il a éclaté de rire.

— Sav… tu t'ennuies jamais de moi.

— Eh bien, tu te trompes. Je suis contente de te parler… tu vois.

— Bonne nuit, m'a-t-il répondu en se levant.

Bon, où j'en étais ? Pourquoi je n'avais pas parlé à mon frère de tout ce qui s'était passé ? J'aurais voulu lui raconter l'épisode de l'homme qui était entré dans le bureau, mais il aurait fallu que j'avoue que j'y étais aussi. Mon frère avait trop raison, pourquoi le trésor serait-il encore caché quelque part ? C'est trop idiot.

Tout à coup, mon cerveau s'est emballé, comme il le fait souvent le soir, et je me suis mis à entendre : « Et si cet homme était un voleur ? S'il nous avait vus entrer ? » Peut-être était-il sur nos traces et qu'on était là comme des innocents à ne pas se rendre compte du danger qui nous guettait ? J'ai couru à ma chambre et après avoir fermé la porte à clé, j'ai placé une chaise devant. Si jamais quelqu'un ouvrait la porte, le bruit de la chaise me réveillerait.

J'ai encore très mal dormi.

Dans mon cauchemar, je glissais dans un précipice, mes pieds patinaient dans la boue et je risquais de tomber quand une main s'est tendue vers moi. Je l'ai attrapée et lorsque j'ai levé les yeux, j'ai vu que c'était la main du gars de l'université. Un voleur ? Un policier ? Un agent secret ? Je ne savais pas qui il était, mais dans mon rêve, son regard était trop pas amical du tout et je me mettais à crier. Je me suis réveillée trempée de sueur. J'ai regardé l'heure et j'ai décidé de me lever même s'il n'était que six heures du matin. Pas question que je refasse un rêve comme celui-là. La chaise n'avait pas bougé, donc personne n'avait essayé d'ouvrir la porte. J'étais soulagée mais pas tout à fait rassurée.

J'ai lu un peu et je suis descendue sur la terrasse où était servi le petit déjeuner. Je m'en voulais de ne pas pouvoir profiter des charmes de l'endroit. J'étais trop nerveuse, alors que tout autour de moi était enchanteur. *Dad* est arrivé le premier. Il voulait savoir comment se passait mon voyage.

— Est-ce que je peux monter en voiture avec vous ?

— Alexandre conduit mal ?

— Non non, je m'ennuie de toi, c'est tout.

Il m'a pris la main et l'a embrassée et j'aurais voulu lui sauter au cou comme quand j'étais petite. Pourquoi on arrête de sauter au cou de notre papa un jour ? On devrait avoir le droit de le faire même à quarante ans. Je me suis étirée pour lui donner un bec sur la joue.

— Je vais voir ce que je peux faire, peut-être que Loup pourrait monter avec Alexandre pour le reste du voyage.

— Oh, ça serait trop *cool*. Je t'aime, papa.

— Moi aussi je t'aime, tu le sais, Savannah... On oublie souvent de se le dire. Mais c'est là quand même.

— Ouais… je sais.

Tout allait super bien, jusqu'à ce qu'Alexandre arrive trop rayonnant de satisfaction. Il m'a demandé si j'étais prête pour le voyage. Moi, je voulais juste arriver à Carcassonne le plus vite possible, que ce mariage ait lieu et après… *Bye-bye*… je retourne chez moi.

Papa a proposé à Loup de venir avec nous, je me serais sentie plus en sécurité, mais non, monsieur a dit qu'il avait mal dormi et préférait passer son tour… grrr… encore une fois, merciiiiii grand-frère.

Nous voilà partis, Alex et moi, dans la voiture du grand-père Préfontaine. Je ne pouvais pas croire que j'étais là, assise avec le ventilateur brisé, le mou du cerveau, le bizarre du tacot… Je me concentrais sur tous les adjectifs que je pouvais lui trouver.

— J'ai commencé à décoder le codex et je veux faire un arrêt à une librairie de Toulouse avant d'aller à Carcassonne.

— Euh… Si tu veux. Il faut que je te dise, Alex… S'ils ont caché le trésor… il y a bien quelqu'un qui est allé le chercher après. Genre cinq ans plus tard.

— Je t'ai dit, tous les chevaliers ont été arrêtés… sauf quelques-uns qui sont morts en exil sans pouvoir revenir. Il était impératif qu'ils gardent le secret et c'est par codes que le lieu caché a été transmis. C'est pourquoi il y a beaucoup de chances qu'il n'ait pas été récupéré.

Il avait l'air convaincu, je n'allais pas le contredire.

On a dû s'arrêter faire le plein et c'est là que j'ai eu la vision... d'horreur, je crois qu'on peut dire ça. Dans une voiture qui repartait de la station-service, j'ai reconnu l'homme de l'université. Celui de mon rêve. Le voleur. Il était sur la même route que nous ! ! ! !

J'en ai parlé à Alexandre qui n'avait pas l'air de s'en faire plus qu'il faut. Il était calme et m'a assurée qu'il me protègerait si on était en danger. Lui ? Le grand poil à deux bras ? Il ressemblait plus à un poireau qu'à un chevalier protecteur. Je ne me sentais pas du tout en sécurité... Juste trop tellement pas.

— Tu es certain de l'avoir jamais vu ?

— Je ne pense pas. En fait, je ne portais pas mes lunettes.

— Tes lunettes ? Tu ne portes pas tes lunettes, ça veut dire quoi ?

— Que je suis trop myope pour l'avoir vraiment vu. Je ne pourrais pas le reconnaître.

— Et tu conduis sans rien ? Tu es fou ? Mets tes lunettes ! ! ! !

— Bon, bon, d'accord... je les mets.

En plus il était coquet, franchement. Sérieusement pathétique.

C'est quoi le problème, elles lui vont super bien ses lunettes.

Toulouse, la ville rose. Nous avons parcouru quelques rues de cette ville sympathique avant d'arrêter devant une librairie ésotérique. Il y avait ma *Dame à la licorne* dans la vitrine. Elle était intéressante même en copie, mais rien ne pouvait reproduire l'effet majestueux de la salle du musée.

Alexandre a parlé avec le libraire et nous sommes ressortis trente minutes plus tard avec deux livres. Il semblait satisfait de ses achats et nous avons pu reprendre la route.

J'ai mis la radio et j'ai fermé les yeux pour ne plus avoir à parler à mon conducteur.

J'ai dû m'endormir sans m'en apercevoir. Quand Alexandre m'a secouée et que j'ai ouvert les yeux, j'étais devant une image à couper le souffle. Devant moi, il y avait une immense ville de pierres, avec des tours, des remparts et des ponts-levis. Je me suis pincée pour être certaine que je ne rêvais plus. C'était une vraie ville médiévale, comme dans les films.

— Normal, ils ont déjà tourné des films ici. *Robin des Bois* avec Kevin Costner, entre autres.

— C'est Carcassonne ?

— Oui, presque intacte depuis sa fondation… Il y a bien deux ou trois toits qui ont été rajoutés, mais l'essentiel est là.

J'étais muette d'admiration. C'était encore plus fantastique que dans mes rêves. « Et on va pouvoir aller à l'intérieur ? » j'ai demandé à Alex.

— Mieux que ça, on va dormir dans un hôtel intra-muros… Car la noce est sur la terrasse d'un hôtel qui est à l'intérieur…

— Malade ! ! !

On a laissé la voiture dans le stationnement et on a pris la voiturette de golf qui nous a conduits jusqu'à l'hôtel. On circulait dans des rues étroites où seul ce minivéhicule pouvait passer. Les portes, les fenêtres, les rues, tout était hallucinant de vérité.

J'allais dormir dans une cité fortifiée du Moyen Âge; seulement pour ça, ça valait mille fois le voyage. Pendant ce temps-là, je ne voyais pas Milan et Lydia s'embrasser dans ma face (parce que je n'avais aucun doute qu'ils devaient être dans les bras l'un de l'autre) et puis ma mère pouvait faire ce qu'elle voulait avec ses beignes… Plus rien n'avait d'importance, j'étais dans une ville médiévale, c'était le rêve.

J'avais hâte de parcourir les rues, les ruelles et de visiter le château et les tours. Marcher sur les remparts comme les gardes à l'époque. J'entendais la musique d'un ménestrel et même si le soleil était timide et le temps frisquet, j'étais tellement heureuse que je ne sentais plus rien.

J'ai refusé de visiter le musée des tortures… J'avais eu ma dose de cauchemars dans les derniers jours. J'imaginais très bien ce que ça devait être et je ne tenais pas à voir ça de mes yeux. Mon imagination est assez fertile, merci. J'ai abandonné Alexandre dans le *hall* de l'hôtel et je suis partie toute seule sur les traces du passé.

Les boutiques artisanales taillées dans la pierre étaient intéressantes et c'était *cool* de les visiter. On pénétrait dans les mêmes espaces qu'avaient occupés les marchands d'une époque lointaine. Les chemins dallés étaient instables et comme la ville était bâtie sur une colline, les rues avaient une bonne inclinaison.

Quand je visite des lieux anciens, surtout dans un endroit aussi intéressant, je m'imagine être une jeune fille de l'époque. Mon esprit s'envole littéralement et je voyage carrément dans le temps. Ne riez pas.

Je tournais le coin d'une minuscule ruelle quand je l'ai vu, le voleur. Enfin, je n'étais pas certaine, mais mon cœur s'est mis à sauter comme une grenouille en détresse. Il entrait dans une boutique et je ne l'avais vu qu'une minifraction de seconde…

Est-ce que j'étais en train de devenir folle ? C'était peut-être les premiers signes d'une paranoïa aiguë ? Je me mettais à voir le voleur partout ? Il fallait que je sache, je suis allée jusqu'au magasin de souvenirs et il était à la caisse, l'homme que j'avais aperçu, mais à part ses cheveux gris, il ne lui ressemblait pas du tout. Donc, j'hallucinais. Soulagement et soupir… suivis immédiatement d'une inquiétude… J'étais en train de capoter ?

C'était sans doute à cause de la fatigue ou de la faim. Ou des deux ? J'ai décidé de m'assoir à une terrasse ouverte sur la place centrale et de commander un sandwich. Des musiciens jouaient des airs anciens et j'ai retrouvé peu à peu mon calme en me parlant à moi-même. (O.K., c'est pas nécessairement les signes d'un esprit sain, mais bon…)

— Savannah… tu restes zen, O.K. ?

Je me suis fait rire toute seule en me disant… Savannah ?

Mais qui est Savannah ? Moi, je suis Aliénor, jeune princesse Jedi et trop curieuse, d'une époque très très lointaine. :D

Le jour précédent

Chapitre 14

Identification visuelle ?

Identification auditive ?

Chambre d'hôtel d'Alex ?

Je suis seule ?

J'étais dans la chambre d'Alexandre ? Vérification faite, j'étais toujours habillée (soulagement), étendue sur le plancher. Ô_o

Ah oui, les souvenirs revenaient au ralenti, mon cerveau commençait à reprendre sa forme. C'est fou comme je suis lente le matin.

On avait passé la nuit à tenter de décoder un message mystérieux et j'avais fini par m'endormir sur le tapis après avoir trouvé un dessin très joli, fait par Alexandre. Une branche de fleurs à l'encre de Chine. Peut-être de glycine. Il avait du talent en dessin, je ne l'aurais jamais cru.

Il y avait des dizaines de photos sur le lit. Des dossiers, des coupures de journaux et le fameux codex... emprunté, mais tout de même un peu volé, au père d'Alex.

J'avais fini par croire qu'il n'était peut-être pas si fou avec son histoire de trésor et qu'au moins, ça valait la peine d'essayer.

Il y avait la photo de la stèle funéraire de la Dame d'Hautpoul, qui semblait vraiment cacher un secret lointain. Il était hors de question que j'aille fouiller un cimetière. Nous ne trouvions pas de réponse et nous étions fatigués.

On s'est un peu disputés quand il m'a dit : « Tu mets trop de "trop", de "tellement" et de "genre" quand tu parles », et que je devrais me corriger... Je lui ai répondu : « Je peux-tu genre, tellement trop parler comme je veux ? »

On était fatigués et il a seulement haussé les épaules.

J'ai envoyé un : « Et toi, tu peux arrêter de te croire supérieur à tout le monde parce que tu sais deux ou trois petites choses de plus que le commun des mortels sur l'histoire ? »

Il a boudé. Trop mature pour aller avec ça ?

J'ai regardé partout, mais il n'était nulle part. Je ne savais pas quoi faire toute seule dans la chambre. En plus, le mariage était dans moins de deux heures et je devais aller me préparer.

J'allais sortir quand il est arrivé avec un plateau de déjeuner sur lequel il y avait du jus, du chocolat chaud, du café, des croissants, de la baguette grillée et des confitures. Il était trop joyeux, il devait me cacher quelque chose.

Je lui ai montré le dessin que j'avais trouvé.

— C'est toi qui a fait ça ?

— Donne-le moi.

— Non, je veux savoir.

— Oui, c'est moi... je fais un peu de dessin pour m'amuser.

Il a tendu la main pour que je le lui rende.

— Tu me le donnes ? Je le trouve vraiment trop beau.

— D'accord... Garde-le...

Il a levé les yeux au plafond, comme si ça l'énervait, mais je crois qu'il était très fier que j'aime ce qu'il faisait.

Ça sentait bon et j'étais affamée. J'ai sauté sur le jus pendant qu'il m'expliquait qu'il avait peut-être trouvé la solution.

D'abord, nous devions nous rendre à Rennes-le-Château. Grâce à la voiture de son grand-père, nous pourrions nous échapper après le mariage pour visiter la région et filer au village qui devait n'être qu'à une heure d'ici.

J'ai bien tenté de savoir ce qu'il avait découvert, mais il n'a répondu qu'un tiède « tu verras ».

J'étais trop curieuse, je n'entendais plus du tout la petite voix intérieure me dire : « Attention, tu t'embarques dans quoi encore ? »

Le Jedi en moi répondait... GO, on a la force avec nous !

Mais nous devions d'abord assister au fameux mariage.

Si je me marie un jour, je veux que ce soit là et exactement pareil à ce que j'y ai vu. Le soleil de midi était doux et il ne faisait ni trop chaud, ni trop froid. Sur une terrasse entourée d'arbres, on avait ouvert une dizaine d'immenses parasols écrus au-dessus de longues tables fleuries. C'était vraiment joli, campagnard, bucolique. C'était simple et flamboyant à la fois. C'était vraiment *hot* ! On devait monter quelques marches pour accéder à la terrasse et on découvrait ce décor digne d'un conte de fées avec, à notre droite, le château et les murailles de la vieille ville et à gauche, le paysage qui descendait en vallons.

Mon père avait pris des photos de la cérémonie dans la petite église et tous les invités s'étaient rendus à la réception à pied, dans un mouvement joyeux. Même que certains dansaient. J'ai adoré ce mariage simple et sans prétention. La mariée était radieuse dans sa robe de dentelle, avec son bouquet de violettes.

Tout à coup, j'ai eu envie de vivre un moment d'une telle intensité dans ma vie. Ahh ! Milan serait si beau dans son habit et je l'imaginais au milieu d'un paysage aussi envoûtant.

Alexandre m'a donné le bras et j'avoue qu'il n'était pas mal du tout. Tellement élégant dans son uniforme scolaire. Il fréquentait une école privée et le port de l'uniforme était obligatoire lors des cérémonies, même à l'extérieur de l'enceinte du collège. Il n'était pas aussi impressionnant que le prince Harry au mariage du prince William, mais il s'en approchait avec son veston bleu marine aux boutons dorés. Comme je portais une robe bleue pervenche en soie, prêtée par ma mère, les gens nous remarquaient et nous formions un beau couple après tout.

Il s'est assis près de moi et on parlait de la ville et des environs avec les invités à table autour de nous. Mon père était trop occupé à prendre des photos pour se rendre compte de quoi que ce soit et mon frère était l'attraction du jour. Le Québécois en visite !

Les filles lui tournaient autour comme s'il avait été une star de la chanson. J'en ai profité pour l'observer et il m'est apparu, tout à coup, vraiment trop mignon. Les cheveux noirs, qui retombaient sur ses épaules. Sa bouche bien dessinée et ses yeux sombres… Il ressemblait beaucoup à mon père quand il était jeune, mais en plus grand et plus athlétique, je dirais. Je pense que son veston noir, sa chemise blanche ouverte, légèrement négligée, et ses jeans lui donnaient un look d'enfer. Pour la première fois, je réalisais que mon frère était séduisant et j'étais fière de lui.

Olives, tapenades, crudités en entrée, suivies de montagnes d'écrevisses. Littéralement des montagnes. Elles étaient attachées les unes aux autres par les pinces et empilées pour créer une sorte de pyramide. Magnifique et délicieux. Canards confits et desserts inoubliables.

J'étais trop sur le point de m'endormir sur ma chaise, bercée par la douce brise sur la terrasse, lorsqu'Alexandre m'a fait signe qu'il fallait partir.

C'est vrai que les mariés avaient déjà quitté et la fête s'étiolait.

J'ai demandé à *Dad* si je pouvais aller faire une visite de la région avec Alexandre. Il était trop occupé à transférer ses photos et à voir ce qu'il devrait « photoshopper » pour s'obstiner. Je l'ai prévenu qu'on ne viendrait pas souper, on trouverait un coin sympathique en route.

Voilà…

On a pris nos sacs à dos, deux bouteilles d'eau et c'était le départ pour l'aventure. Nous sommes partis vers Rennes-le-Château.

Une voiture nous suivait, mais nous ne l'avons pas remarquée.

Chapitre 15

Nous avons parcouru une campagne magnifique en suivant des routes sinueuses. Alexandre m'a remis les deux livres qu'il avait achetés à Toulouse et m'a demandé de lire les pages qu'il avait marquées d'un *post-it*.

C'est comme ça que j'ai appris les grandes lignes de l'histoire de ce charmant village, Rennes-le-Château.

Au début du siècle dernier, un prêtre du nom de l'abbé Saunière avait attiré l'attention en devenant riche. Il avait fait effectuer des rénovations extrêmement coûteuses à sa petite église qui était en bien mauvais état. En remplaçant un pilier très ancien, il aurait découvert un document caché à l'intérieur. Plusieurs témoins affirmaient qu'il s'agissait d'un petit papier roulé dans une sorte d'étui.

Curieusement, après cette découverte, il s'est enrichi au point de pouvoir faire des prêts aux gens de sa paroisse. Il s'est même fait construire un drôle de petit château et une maison.

De plus, il a fait refaire les jardins et y a mis des grottes décoratives. Mais tout ce qu'il a construit est étrange et semble vouloir nous laisser un message.

Après sa mort, son héritière a dit qu'il y avait quelque part «une fortune suffisante pour faire vivre tout le village pendant plus de cent ans».

— Bon, alors? Il a probablement pillé les tombes... Ça dit que c'est l'ancien fief des Wisigoths. Ils sont peut-être enterrés avec des tas de bijoux.

— Maintenant, lis ce deuxième livre... sur les Templiers.

J'ai encore une fois sauté directement aux pages indiquées.

Un extrait de l'enquête, faite à l'époque, rapporte que le Templier Jean de Châlon aurait déclaré en juin 1308 : *«La veille de l'arrestation des Templiers (au soir du 12 octobre 1307), un cortège comprenant trois chariots recouverts de paille et une cinquantaine de chevaux quitta le Temple de Paris sous la conduite de deux Templiers, Hugues de Chalons et, surtout, Gérard de Villers, le précepteur de France.»*

— Et certains témoins ont dit avoir vu le cortège passer dans les montagnes de la région de Rennes-le-Château... O.K.... tu crois que le fameux curé a découvert ce que portaient les chevaux?

— Je trouve que ça serait logique.

—Et tu ne penses pas que quelqu'un soit passé le reprendre depuis?

—Il semble que non, puisque l'abbé a découvert quelque chose.

—Ils disent que c'est peut-être un secret religieux et qu'il aurait, genre, demandé de l'argent pour se taire.

—Tout est possible, Savannah… mais on va tenter notre chance.

On a découvert Rennes-le-Château en haut d'une petite montagne. En entrant, une affiche nous prévenait : «Les fouilles sont interdites.»

Eh bien c'est pas gentil ça, si on ne peut même pas fouiller pour trouver ce qu'on cherche. Mais bon, on n'était pas sitôt entrés que je voyais des gens se promener dans le cimetière et qui semblaient chercher quelque chose eux aussi. Si tout ce beau monde se mettait à faire des trous partout, il ne resterait pas grand-chose du village.

On est allés visiter la fameuse église du curé et c'est vrai que d'être accueilli par un bénitier soutenu par un horrible diable, ça ne donne pas trop envie de rester là. Je prenais des photos avec mon cellulaire, un peu au hasard, des fois qu'une image nous aurait permis de trouver un indice essentiel.

Tout était à l'envers et les gargouilles grimaçantes me donnaient plus envie de fuir à toutes jambes que de rester à méditer.

L'endroit n'était pas sympathique. Je regardais un peu de tous les côtés mais les frissons m'empêchaient vraiment de trouver l'endroit même un petit peu *cool*.

Alexandre était devant le confessionnal. Il observait la fresque au-dessus depuis trop longtemps à mon goût et il prenait des notes. Il m'a enfin fait signe.

— C'est ce que je croyais. Regarde à droite, il y a, en tout petit, des détails intéressants. On voit au loin l'abbé qui se promène avec son parapluie qu'il avait toujours avec lui… Je crois que nous devons trouver ce lieu. Cette roche et ce petit village en ruines en haut d'une colline…

— Et on va trouver ça comment selon toi ?

— En marchant.

— Ahhhh bonnnnnn… en marchant ? Ô-o

— Oui, nous allons prendre la voiture vers le col et après on se sert de nos pieds.

— Que la force soit avec nous.

J'avais réussi à faire sourire Alexandre.

Je regardais une reproduction de la fresque dans le livre et je tentais d'y déceler des indices. C'est vrai qu'on devinait un petit personnage au fond à droite : il tenait un parapluie et visiblement c'était trop un curé en soutane.

— Si je compare avec le dessin de gauche, je dirais que celui de droite se passe en hiver, alors qu'à gauche, c'est en été.

— Il veut sans doute dire que son secret se découvre mieux en cette saison.

— Oui... et en avant-plan, il y a le fameux pilier. Il cherche à raconter quelque chose, non?

— Je le pense aussi.

— Et s'il avait seulement voulu se rendre intéressant? Je ne sais pas, s'il avait voulu attirer les touristes? Son église est tellement étrange, elle fait même un peu peur. On ne peut pas dire qu'il avait un très grand respect pour sa religion, tu trouves pas?

— C'est vrai que certaines images sont troublantes.

— Il était peut-être un voleur de banque et voulait faire croire que son argent venait d'un trésor.

— Tout est possible, Savannah... Mais on va bien finir par trouver. On va s'arrêter quelques minutes à Espéraza. C'est un village pas très loin. J'ai quelque chose à vérifier.

— J'adore me balader dans la région, c'est tellement beau.

— Si on avait du temps, je t'emmènerais visiter plusieurs villages plus mystérieux les uns que les autres. Pour l'instant, concentrons-nous sur notre affaire.

J'ai pris un des livres qu'Alexandre avait achetés à Toulouse et j'ai commencé à lire l'histoire des Templiers.

Chapitre 16

Oups, je croyais arriver dans un coin perdu, mais Espéraza était un village très sympathique. Nous avons pris la direction de l'église, mais avant, nous nous sommes arrêtés à une terrasse. Il faisait un peu froid et j'étais contente d'avoir mon cardigan. Ma robe, un peu trop légère, ne me protégeait pas du vent. Nous avons décidé d'entrer dans l'établissement.

Un vieil homme joufflu nous a accueillis chaleureusement. Nous avons demandé deux chocolats chauds et on s'est assis près de la fenêtre.

Alexandre a sorti ses documents. Il était temps qu'on fasse le point.

— Que savons-nous ? a demandé Alex.

— Pas grand-chose, d'après moi.

— D'abord, cette histoire vient en deux temps. La première époque est celle de la Dame d'Hautpoul de Blanchefort, un peu avant la Révolution française. À sa mort, elle a confié son secret à l'abbé de Rennes-le-Château. Il semble en avoir été un peu troublé et a laissé des messages codés dans le registre de l'église, avant de devoir fuir vers l'Espagne où on a perdu sa trace. La pierre tombale de la Dame est truffée de fautes qui sont trop énormes pour avoir été faites accidentellement. Deuxième période, celle de l'abbé Saunière. Début du vingtième siècle. Il découvre un secret caché et devient riche. Ce qu'il a trouvé pourrait avoir un lien avec les Wisigoths qui ont habité la région il y a très longtemps, ou avec les Templiers qui seraient passés par là avec leur trésor.

— Lui aussi a laissé des messages codés un peu surprenants. Surtout dans son église.

Le propriétaire du bar est venu nous apporter nos chocolats et il a aperçu nos papiers.

— Ah, vous êtes sur la trace du trésor vous aussi ?

— On tente de trouver des indices, a précisé en riant Alexandre.

— Vous savez que juste avant la mort de Saunière, à Rennes-le-Château, c'est l'abbé d'Espéraza qui a reçu sa confession ?

— C'est ce qu'on a cru comprendre.

— Eh bien, quand il est revenu ici, il était complètement fada... euh, fou. Il a déprimé, le pauvre homme n'était plus le même. Il s'est mis à faire des changements dans son église. Il a refait les mêmes grottes que celles de Rennes-le-Château et laissé les mêmes codes. Comme s'il devait nous informer d'un terrible secret lui aussi.

— Pourquoi aurait-il été déprimé d'apprendre qu'un trésor était caché dans la région ? lui ai-je demandé, un peu curieuse.

— Eh bien voilà, c'est ce qu'on ne sait pas. Il a assurément appris autre chose. Mais si chacun a sa théorie, moi, j'ai la mienne. Je crois qu'ils savaient des choses, à l'époque, qu'on devrait tous connaître aujourd'hui. Des pièces d'or, il s'en trouve tous les ans dans la région… mais le trésor, lui, il doit bien être quelque part.

Il prenait un ton mystérieux pour nous raconter les détails de l'histoire.

— Peut-être que quelqu'un l'a trouvé et caché sans le dire à personne, j'ai murmuré timidement.

— Impossible, a dit le tenancier, ici, tout se sait.

Il est reparti, fièrement.

— Il y a deux choses importantes à savoir. La première, c'est que les Templiers aussi sont devenus extrêmement riches. Malgré leur mission religieuse, ils ont fait fortune.

— Et la deuxième ?

— Et s'il y avait plusieurs secrets cachés dans cette région. Mon père est convaincu que le mystère est religieux. Il pourrait y avoir plusieurs trésors.

— Tu crois ?

— Un vrai trésor en argent, un secret religieux et même des informations sur des familles nobles. Pourquoi pas tout ça à la fois?

— Alexandre, je pense que tu es un rêveur... qui a trop d'imagination.

— Pourquoi tu me suis si tu ne me crois pas?

— Parce que c'est joli et que ça me fait visiter la région. C'est clair que c'est au-dessus de nos compétences, non?

— Non, je crois que j'en sais plus que tu penses.

Il s'est levé d'un bond et a mis son veston. Il est sorti et j'ai dû courir pour le rattraper. Je l'avais vexé.

Bon, moi, je trouve ça passionnant cette enquête, mais j'ai de la difficulté à suivre et je me dis que c'est peut-être carrément incompréhensible pour des débutants comme nous.

On est entrés dans l'église et Alex savait visiblement ce qu'il cherchait. Il a fait le tour et prenait des notes sans même me regarder. Je suis tombée sur une sorte de tombeau de Jésus où on le voyait mort... Pourquoi? Normalement, on le voit ressuscité, non? Étrange. Cette église était presque aussi bizarre que celle qu'on avait visitée plus tôt.

Après quinze minutes, Alexandre m'a fait signe qu'on repartait.

Il avait l'air satisfait.

— Et tu sais où on va ? je lui ai demandé.

— Au nord-ouest.

— Ah… si tu le dis.

C'était tellement vague comme réponse que j'avoue que j'étais un peu découragée.

Puisque le silence régnait dans la voiture, je suis trop tombée endormie et ça n'a pas pris de temps que je rêvais à une jeune damoiselle vivant en plein cœur du Moyen Âge.

Aliénor, seize ans, se préparait joyeusement à partir en pèlerinage à Jérusalem. Elle était très excitée par ce voyage magnifique que son père lui proposait.

Il faisait beau ce matin d'avril à Reims. Aliénor, son frère Thibaud et leur père attendaient dans la célèbre cathédrale, où étaient couronnés tous les rois de France, que l'évêque leur trace le signe de croix sur le front qui en ferait officiellement des pèlerins. Ils étaient beaux dans leurs nouveaux habits de voyage. Thibaud avait de nouvelles braies (pantalons) et les filles l'observaient discrètement; c'est vrai qu'il avait belle allure dans ses atours (vêtements). Bientôt, ils allaient prendre la route en un long convoi tranquille. Ils étaient au moins cinq cents personnes à participer au voyage et de nombreux autres, sans doute mille et plus, se joindraient à eux en cours de route. Le père d'Aliénor avait laissé la gestion de ses biens à son beau-frère qui avait l'habitude de travailler avec lui.

Depuis quelques semaines, ils étaient installés au centre de la ville, chez tante Pétronille qui assistait son mari apothicaire (ancien pharmacien). La tante en profita pour enseigner à sa nièce comment soigner les blessures légères, replacer une fracture et lui apprit surtout à utiliser les simples (plantes médicinales) contre les fièvres et les maladies qui pourraient les affecter pendant ce long trajet. Aliénor emporta donc avec elle un petit coffre, rempli des herbes qui leur sauveraient la vie ou du moins, les soulageraient des maux courants de l'époque.

Une fois tous les pèlerins bénis, ils prirent enfin la route. Aliénor était née dans une famille aisée et elle était accompagnée de quelques servants de sa maison, déjà reconnaissants de faire partie de l'aventure. Ils avaient rempli un chariot de vivres, il y avait des poules, des sacs de farine et des chaussures de rechange. Ces dernières étaient en cuir et jamais la jeune fille n'avait vu de souliers d'aussi belle facture. Ils devaient durer tout le voyage, car c'est à pied qu'ils allaient faire la route.

La première journée se passa bien, les prières et les chants qui accompagnaient leurs pas occupaient l'esprit et faisaient passer le temps plus vite. Chaque fois qu'ils passaient près d'un village, les cloches de l'église sonnaient pour les saluer.

À la tombée de la nuit, ils s'arrêtèrent en pleine nature, et certains se construisirent des abris pour la nuit, des toiles étaient suspendues pour les protéger des intempéries, mais les plus humbles dormiraient à la belle étoile. Les familles se serraient autour d'un feu et des ménestrels, qui accompagnaient le groupe, chantaient et récitaient des poèmes. À bien y penser, ce voyage pourrait être une expérience très agréable pour la jeune femme. Pourtant, quand elle songea aux trois années que pourrait durer son absence, elle eut le cœur serré en pensant à son fiancé, Gauvin, qui avait promis d'attendre son retour.

Le lendemain matin, le long cortège reprit la route vers le Sud. Midi venait de sonner quand on vint réclamer son aide. Un jeune homme était tombé de cheval et s'était déboîté l'épaule. En arrivant, elle fut étonnée de constater avec quelle dignité il supportait la douleur. Son épaule était complètement sortie de son articulation, il devait souffrir le martyre, mais ne disait mot. La sueur perlait sur le front du jeune homme qui, cependant, restait calme. C'était un chevalier de l'Ordre du Temple, un Templier. De jeunes gens de la région de Champagne, qui avaient décidé de mettre leurs bras au service des pèlerins pour sécuriser leur voyage. Ils étaient courageux et très généreux. Elle ne pouvait faire autrement que d'admirer la force et la fierté de ce chevalier.

Aliénor se plaça dans une position confortable, comme sa tante le lui avait montré, elle prit le bras du jeune homme et le prévint que ce serait douloureux, mais elle lui promit d'agir promptement. Il lui sourit et l'encouragea à faire ce qu'elle devait accomplir. Elle tira de toutes ses forces, replaça le membre dans l'articulation et le chevalier ne fit qu'une grimace, retenant un cri de douleur. La jeune femme attacha solidement le bras pour l'immobiliser. Le Templier la remercia, remit sa cape blanche ornée d'une croix rouge et, à l'aide de son bras valide, remonta en selle, malgré l'opposition d'Aliénor qui aurait voulu qu'il prît le temps de se reposer.

Le soir venu, elle alla rejoindre le chevalier pour prendre de ses nouvelles. Il était auprès d'un feu que partageaient les plus pauvres du groupe. Il lui fit signe de le rejoindre. Comme ces personnes n'avaient pas les moyens de se payer la présence d'un ménestrel, Aliénor chanta pour eux une chanson que sa mère lui avait apprise enfant. Plus tard, le Templier se présenta, il s'appelait Clotaire et était en route pour Jérusalem, où il allait s'installer avec sa confrérie. Il protègerait ensuite les routes autour de la ville pour aider les croisés à arriver sans risque aux lieux de pèlerinage.

Elle posa des questions et le jeune homme y répondit sans détour. Il lui parla des vœux qu'il avait faits, exactement comme les gens qui entrent dans une communauté religieuse. Cependant, ils étaient des militaires et avaient reçu la permission du pape de guerroyer.

Le lendemain, elle chercha des yeux le jeune chevalier et le vit qui aidait une vieille dame en la faisant monter avec lui sur son cheval.

Midi n'avait pas encore sonné quand la jeune femme dut extraire une dent malade. Même si elle avait affirmé à plusieurs reprises qu'elle n'était pas barbier, les autres insistèrent et elle se retrouva en face d'un homme à la joue complètement déformée par un abcès. Elle emprunta une paire de pinces et comme la dent bougeait déjà, elle décida d'essayer de la retirer. Les spectateurs applaudirent chaleureusement quand elle arracha, sans aucune anesthésie, une molaire et la montra fièrement à la foule. Par la suite, elle traita une fièvre et soigna quelques pieds endoloris par des ampoules infectées. Sa réputation fit vite le tour du convoi, on la réclamait partout.

À la nuit tombée, Aliénor courut soigner l'épaule de Clotaire. Il lui raconta, cette fois, que la route était semée d'embûches. Des bandits attaquaient les pèlerins, autant sur terre qu'en mer. Il l'avertit qu'elle aurait faim et soif, peut-être même serait-elle malade et il lui avoua que certains pèlerins qui les accompagnaient ne verraient jamais Jérusalem. Il l'assura qu'il serait là pour l'aider et que s'ils y parvenaient, alors, les gens affirmaient que lorsque la ville apparaissait aux yeux des pèlerins, une si grande joie prenait possession de leur cœur, que certains s'évanouissaient de bonheur.

C'est en repensant à tout ce qu'il lui avait raconté qu'Aliénor trouva finalement le sommeil sous la toile de lin que son père avait fait dresser au dessus de leurs têtes. Une tente exactement comme celle sur la tapisserie de la Dame à la Licorne.

Je me suis réveillée en sursaut parce que la route était chaotique et à la suite de mon rêve, j'avais trop de questions qui bouillonnaient dans ma tête, il fallait que je les pose.

— Alex... Tu m'as dit que les Templiers étaient riches, non?

— En effet.

— Comment c'est possible s'ils avaient fait vœu de pauvreté?

Il a éclaté de rire et ça faisait du bien de voir qu'il ne boudait plus.

— C'était au début. Après, ils ont bien dû gérer les dons et les legs qu'ils recevaient. Ils avaient des vignobles, des fermes... Des gens qu'ils avaient sauvés de situations dramatiques leur offraient des terres et de l'argent en remerciement. Il faut dire que la vie n'était pas facile sur les routes à cette époque. Et le plus important, c'est qu'ils ont inventé un système bancaire qui ressemble un peu à celui qu'on utilise encore.

— Ah oui?

— Ils avaient des centaines de commanderies (établissement d'un groupe religieux ou militaire) à travers l'Europe et l'Orient et tu pouvais donner... disons deux cents deniers, à Paris, en échange d'un document et chaque fois que tu avais besoin d'argent en route, tu n'avais qu'à t'arrêter dans une de leurs maisons. Ils avaient inventé la lettre de change, presque le chèque de voyage d'aujourd'hui, une sorte de guichet automatique. Donc, les déplacements étaient beaucoup plus sécuritaires. Brillant, non ?

— Mets-en… et ils étaient choisis comment ? Un homme se présentait et disait « je veux faire partie de votre confrérie » ?

— Dans ce temps-là, le premier fils d'une famille héritait du domaine. Le deuxième, normalement, allait dans l'armée et le troisième entrait en religion. C'était un système tellement bien rodé que même le père d'un enfant de dix ans pouvait acheter un titre de cardinal à son fils. Mais ça, c'était pour les plus riches, parce que ça coûtait cher. Même entrer dans l'armée était hors de prix. Ceux qui avaient moins d'argent pouvaient parfois se trouver une profession, surtout s'ils connaissaient quelqu'un qui avait un métier et était prêt à le leur apprendre. Un menuisier ou un apothicaire par exemple, acceptait des apprentis. Mais l'intérêt des Templiers, c'est qu'ils ne demandaient pas d'argent et donc, les pauvres comme les riches, dès dix-huit ans, pouvaient rejoindre leur confrérie.

— À leur majorité ?

— Non, elle était à seize ans à l'époque. On exigeait que le jeune homme ne soit pas marié, il devait être en bonne santé et ne pas avoir de dettes… Pas si facile que ça, finalement, d'entrer dans l'Ordre du Temple.

— Mais pourquoi les pèlerins allaient à Jérusalem si c'était aussi dangereux ?

— Pour un chrétien, faire un pèlerinage... surtout en Terre sainte, était la plus grande chose qu'il pouvait réaliser dans sa vie. Il y a eu des Croisades, des gens qui partaient pour faire la guerre et reprendre les lieux saints aux infidèles (personnes pratiquant une autre religion), mais il y avait aussi les simples pèlerinages.

— Ah, je comprends mieux. Donc, les pèlerins partaient malgré le danger et ils faisaient la route à pied?

— Oui, ils traversaient la France, puis les terres du comte de Toulouse, dans le Sud. Ils se rendaient à un port où ils prenaient un bateau.

— Ah, ça devait être plus facile en bateau quand même!

— Tu penses? Les tempêtes étaient fréquentes et ils étaient malades. Surtout... le pire, c'étaient les pirates, qu'ils appelaient les barbaresques. Ils attaquaient les bateaux et ne laissaient absolument rien derrière eux. Ils embarquaient les hommes et les femmes et les vendaient au marché aux esclaves. Imagine les jeunes filles à vendre, à moitié nues, sur une place à Alger... Elles devaient être complètement paniquées, les pauvres, et en plus, elles étaient très recherchées pour leur charme nordique.

— Quelle horreur! Elles se retrouvaient dans le harem d'un homme riche? Enfermées pour la vie?

— Exactement. Parfois, les Templiers apprenaient que des Occidentaux étaient prisonniers et ils réussissaient à les libérer. Imagine comme ces gens devaient être reconnaissants envers ces hommes courageux qui les avaient sauvés d'une vie de servitude.

J'ai sorti une bouteille d'eau et après l'avoir débouchée, je l'ai levée et j'ai lancé: «À la santé des pauvres jeunes filles vendues sur les marchés d'Orient!»

— Tu sais pourquoi on cogne nos verres ensemble ?

— Euh, non… C'est une tradition, je crois.

— À l'époque, les gens cognaient leurs chopes en étain, en signe d'amitié. Il fallait qu'ils les frappent assez fort pour que les liquides se mélangent. S'il y avait du poison dans un verre, il y en aurait dans les deux. C'était une façon de s'assurer que ton ami ne cherchait pas à t'empoisonner, dit-il en riant de bon cœur.

— La confiance régnait… :)

J'étais heureuse qu'il soit de bonne humeur, parce qu'Alexandre Préfontaine qui fait une tête de saule pleureur, c'est comme pire que tout.

— Tu as d'autres histoires du même genre? J'adore ça, je lui ai demandé pour l'encourager à continuer.

— Pourquoi les chemises des hommes ne se boutonnent pas du même côté que celles des femmes?

— Je ne sais pas, c'est vrai ça, pourquoi ?

— Les hommes devaient avoir accès à leur épée, qu'ils portaient à gauche, et prenaient la main droite pour la dégainer; ils se déboutonnaient donc de la main gauche. Alors que les femmes allaitaient et avaient besoin d'ouvrir leur corsage de la main droite pour dégager le sein droit... chacun son côté pour l'ouverture. Pourquoi les voitures roulent à gauche sur la route en Angleterre ?

— Ça vient pas du Moyen Âge quand même ?

— Eh oui !... (*Il s'amusait.*) C'est aussi en raison de l'arme qu'ils portaient à gauche : ils sortaient l'épée de la main droite, donc, il valait mieux être du côté gauche pour attaquer. Il y avait aussi les tournois, à cette époque. Les adversaires étaient à cheval et portaient une longue lance... Il fallait faire tomber le cavalier qui venait dans l'autre sens. Ils tenaient la lance du bras droit et se croisaient en route. Donc, ils étaient sur la gauche.

— Et pourquoi nous, on est de l'autre bord ?

— On dit que c'est dû à Napoléon, qui voulait être différent, ou embêter les Anglais... il utilisait cette tactique comme manœuvre militaire.

— Comment tu sais tout ça ?

— J'ai lu... j'ai voyagé. Ça m'intéresse tout simplement. J'aime m'imaginer la vie des gens d'une autre époque. Au Moyen Âge, toute la famille dormait dans le même grand lit. Ils se tenaient au chaud et c'était le plus important. Il n'y avait pas vraiment d'intimité, pas comme on la connaît aujourd'hui. Ils mangeaient simplement. Ils déposaient une tranche de pain épaisse sur la table, parce qu'ils n'avaient pas d'assiette, et posaient la nourriture dessus. Ils mangeaient le pain à la fin, avec leurs doigts. Les sauces couvraient le goût de la viande qui était un peu trop vieille ou mal conservée. Ils ajoutaient beaucoup de cannelle et de muscade dans leurs recettes. Sur les bateaux… comme ceux des pèlerins, ils servaient une sorte de bouillie de blé… la nuit… pour que les gens ne voient pas les vers qui grouillaient dedans.

— Arg… wouach. Je ne veux plus rien savoir… Arrête.

Il riait franchement. La bonne humeur était revenue et on roulait comme deux parfaits touristes, sans aucune idée de l'aventure qui nous attendait.

Chapitre 17

Vingt minutes plus tard, nous avons abandonné la voiture sur le bord de la route, et voilà que nous partions comme deux innocents dans la campagne française... Je vous rappelle qu'on ne connaissait pas le secteur et notre carte était trop approximative pour être vraiment utile. Le cellulaire ne recevait pas de signal, on portait encore nos habits du mariage et sérieusement, nous étions vraiment trop des amateurs.

J'étais songeuse en repensant à Aliénor et à ces pèlerins qui affrontaient tous les dangers.

Les rochers se ressemblaient tous, certains plus gros... d'autres plus instables. On suivait un chemin, donc, au moins, on était sur un sentier. J'entendais des cloches de chèvres au loin. Nous n'étions pas seuls et je ne sais pas pourquoi, mais ça me rassurait.

Restons positifs, visiter la campagne française est un pur bonheur. Quoique ce n'était plus la campagne depuis longtemps, nous étions plutôt en pleine montagne. On devinait même des pics enneigés au loin. Alexandre avait l'air de savoir ce qu'il cherchait – heureusement, parce qu'honnêtement, je n'avais aucune idée de ce que je faisais là. Nous avons traversé un joli petit pont qui enjambait un ruisseau minuscule.

Il faisait frais, le vent se levait et je regrettais de ne pas m'être changée avant de partir.

En soulevant les branches d'un buisson, Alexandre a découvert des signes étranges, des cercles et des croix. Il a fait un ahhhhhhhh…

— C'est quoi?

— Des symboles…

— Ça je vois bien, mais ils veulent dire quoi?

— Je ne sais pas, mais ils nous disent que nous sommes sur le bon chemin.

Curieusement, j'avais le pressentiment que nous étions au milieu de rien… ou plutôt de tout. Je commençais à trouver la situation un peu ridicule et j'avais envie d'éclater de rire et de proposer à Alexandre qu'on reparte. Le soleil descendait sur la montagne et c'est là que j'ai aperçu le drôle de nuage. Il était noir et avançait rapidement vers nous. Le vent souflait de plus en plus fort et l'atmosphère était devenue lourde et menaçante.

— Alex, on devrait rentrer.

— Non, pas tout de suite, je dois trouver le symbole suivant. On repart après et on reviendra demain si tu veux.

— Qu'est ce qu'on cherche exactement? Si je le savais, je pourrais t'aider.

Ça m'avait un peu mise de mauvaise humeur. J'en avais assez de cette promenade. J'ai voulu voir si je recevais un signal sur mon cell, toujours rien. J'ai fait le tour des photos prises dans l'église et il était encore là, l'homme de l'université.

— Regarde, Alexandre, il est là.

— Qui ça?

— Le gars qui est entré dans le bureau de ton père. Il nous suit. Il était à la station d'essence près de Brantôme et il était... dans l'église de Rennes-le-Château.

— Regarde si on le voit sur d'autres photos.

J'ai vérifié.

— Non, je ne le vois pas. Qu'est-ce qu'il nous veut?

— Je ne sais pas. Je ne comprends pas.

— On retourne à la voiture, vite... Et on rentre.

— D'accord, a-t-il dit, résigné.

On a marché rapidement et en atteignant la voiture, on a aussi découvert que quelqu'un était en train d'en examiner l'intérieur. Quand il a levé la tête, on a juste eu le temps de se cacher derrière un talus. C'était l'homme. Cette fois, pas de doute, il nous suivait, mais on ne savait pas pourquoi. Une chose était certaine cette fois, ce n'était pas un hasard et il ne devait pas nous vouloir que du bien.

Alexandre m'a attirée près de lui et m'a chuchoté à l'oreille.

— Ne fais pas de bruit. On va faire le tour et revenir par l'autre côté. On pourra sauter dans la voiture et s'enfuir.

C'est ce que nous avons fait. Nous avons repris le chemin et on a voulu couper par le bois pour revenir plus près de la voiture.

Le ciel de plus en plus noir s'est mis à gronder comme un fou. Le bruit du tonnerre retentissait sur les montagnes et revenait en écho. C'était l'apocalypse. Le bruit était assourdissant et nous essayions de courir pour nous dépêcher, mais on ne voyait plus où on allait parce que la pluie s'était mise à tomber, on aurait dit le déluge. Le paysage était flou et nos pieds dérapaient dans la boue. Le sentier s'était changé en tas visqueux et on ne voyait plus du tout le chemin.

Ce qui aurait dû nous prendre dix minutes au maximum est devenu une marche sans fin. On n'avait plus aucun repère.

Devant nous, une partie de la montagne s'est détachée subitement et s'est écroulée dans un bruit horrible. Tout chutait dans le précipice, les arbres, les roches, les buissons. Heureusement, Alexandre s'était arrêté juste à temps, sinon, on glissait dans le vide nous aussi.

Mon cœur battait à tout rompre et mes jambes commençaient à trembler. L'effort de marcher dans la boue qui collait à nos souliers était épuisant.

J'étais certaine que nous allions tomber dans le vide, emportés par l'eau qui se changeait en torrents dévalant la pente à toute vitesse.

Le ruisseau que nous avions traversé plus tôt était en contrebas et s'était transformé en rivière déchaînée, et le pont avait disparu, emporté par le courant. Sans ce pont, comment allions-nous retourner à la voiture?

J'avais envie de pleurer, de m'appuyer sur un arbre et d'abandonner.

Alex m'a pris la main et m'a tirée vers lui. Il a passé son bras autour de ma taille et m'a dit :

— Entre ici.

Il y avait une craque dans la roche, juste assez large pour passer. Je suis entrée et j'étais tout à coup au cœur de la montagne. Dans les entrailles du roc. Protégée de la pluie et des glissements de terrain. Alex est entré à son tour et il était très heureux de découvrir que c'était une grotte assez grande pour deux.

— Oufff... tout un orage.

J'étais tellement fâchée, j'avais peur, j'avais faim, j'étais épuisée... Et je lui en voulais vraiment trop pour même lui répondre.

Nos vêtements étaient mouillés et on n'avait aucune idée de l'endroit où nous étions. Voilà. Tout ça pour fuir un fou qui nous courait après depuis Paris et qui était peut-être encore sur nos traces.

On avait marché comme ça depuis combien de temps ?

J'ai regardé mon cell et ça faisait quatre-vingt-dix minutes que nous avions quitté la voiture. Tout ce temps à marcher dans le bois avant d'aboutir ici. Il est possible que personne ne nous retrouve jamais.

Je vais tenter d'envoyer des messages toutes les heures. En tendant le téléphone vers l'entrée, vers le plafond, il doit bien y avoir un endroit où il y a un signal ! Peut-être que la chance sera de mon côté pour une fois.

« Alexandre Préfontaine et moi sommes perdus dans une montagne à environ une heure trente de marche d'où nous avons laissé la voiture. Si vous recevez ce message, prévenez mes parents s.v.p. Nous sommes au nord-ouest de Rennes-le-Château. »

Et encore un message dans mes brouillons. :(

— Tu as fini d'écrire ton histoire ? a demandé Alex.

— J'ai froid, j'ai faim, je suis fatiguée... alors, ne me parle pas si tu ne veux pas que je te perce le nombril pendant ton sommeil... O.K. ?

Chapitre 18

L'orage continuait de plus belle, même qu'à certains moments on entendait la grêle ricocher sur la roche. La nuit était tombée depuis déjà un moment et la situation était dramatique.

On était affamés et nous n'avions qu'un petit feu, ce qui n'était pas trop mal, mais pas tout à fait suffisant pour nous réchauffer.

Alexandre a remis du bois sur les braises.

— Il nous faudrait du papier journal pour créer un isolant et nous tenir au chaud.

— Je crois que j'en ai...

Mais oui, il me restait des feuilles du journal illustré que j'avais utilisé pour emballer les cadeaux. Je l'ai sorti. On a commencé à glisser les feuilles entre notre corps et nos vêtements; j'avais toujours ma robe trop légère pour la saison, mais tout de suite j'ai senti la chaleur revenir. Ça faisait juste trop de bien.

— Tu as d'autres choses dans ton sac à dos ? a demandé Alex. Vide le contenu, on va peut-être trouver des trucs intéressants.

— O.K. …

J'ai vidé mon sac. Une bouteille d'eau. On ne manquait pas de liquide pour l'instant, avec tout ce qui nous tombait sur la tête dehors. Il y avait mes sachets de noix, des pralines, un mélange avec des fruits secs et les précieuses allumettes. Les yeux d'Alex se sont ouverts très grands. Nous avions faim et c'était mangeable.

— On va faire un rationnement, on ne sait pas quand on va être retrouvés, mais si on prévoyait deux jours, on pourrait sortir quand la pluie aura cessé.

J'ai sorti les cadeaux de Loup. Les articles de salle de bains ont particulièrement intéressé Alex. Il a pris le savon et le bonnet de douche. Il a regardé les minibrosses à dents et le kit de couture. Il a pris du fil et a attaché les feuilles de journal autour de mes jambes. J'ai finalement sorti ma superbe robe et j'avais le cœur serré en me demandant si je pourrais la porter un jour. J'ai trouvé le foulard de *La Dame à la licorne* et tout au fond du sac, le miroir en nacre.

— Savannah, ce sont des trésors que tu as là ?

— Hein ? De quoi tu parles ?

Il m'a tendu une bonne portion de noix.

— Je te montrerai demain, mais je crois qu'on a ce qu'il faut pour indiquer notre présence.

— Tu crois ?

— Oui... Tu as encore froid ?

— Un peu.

— Alors, fais-moi confiance, d'accord ? Il m'a passé le foulard autour du cou pour me couvrir.

Il m'a attirée contre lui et m'a fait coucher sur le côté, face au feu. Il s'est étendu derrière moi, exactement dans la même position. Son corps moulait le mien et sa chaleur était agréable. Il a mis sa veste d'uniforme par-dessus nos épaules et il a remonté le foulard sur mes cheveux encore humides.

— Nos corps sont à 37 °C. Tu peux dormir tranquille maintenant. Repose-toi.

Je n'ai pas pu résister, mes yeux se fermaient tout seuls.

Je me suis endormie, baignée par la chaleur du feu et réchauffée par le corps d'Alexandre.

Chapitre 19

Je me suis réveillée en sursaut. Il pleuvait toujours autant et le vent soufflait violemment. Le feu était presque éteint, mais il faisait clair et Alexandre n'était plus derrière moi. Je l'ai cherché et je l'ai vu, penché vers l'extérieur, à la porte de la grotte – je dis porte, mais je devrais plutôt parler d'ouverture, de fente, de craque ? Bon, alors, il est revenu avec le bonnet de douche en plastique blanc, rempli d'eau.

— Bonjour, on va pouvoir prendre l'eau à l'extérieur tant que c'est possible et on va garder celle qu'on a en bouteille, au cas où ça prendrait plus de temps pour qu'ils nous retrouvent.

Je dormais encore à moitié. Je trouvais Alexandre dégourdi et je me suis dit : « Heureusement que je suis ici avec lui, il sait ce qu'il faut faire. » O.K., j'avais oublié qu'on était perdus à causeeeee de lui.

— Savannah, je vais te demander de faire un sacrifice.

— Un quoi ?

— Tu veux bien que je prenne ta robe pour l'attacher à une branche d'arbre ? Ça indiquerait notre présence. Il faut quelque chose de voyant, pour que les secours nous retrouvent facilement.

— Ma robe ?

— Oui... La couleur est parfaite.

J'ai soupiré d'horreur, mais il avait trop raison, le fameux rouge rosé allait attirer l'attention dans ce décor gris et vert.

— D'accord.

— Merci.

Il m'a souri et je me suis demandé comment j'avais pu ne pas me rendre compte qu'il avait un sourire juste vraiment trop craquant ?

— Tu veux te brosser les dents ? Ça te ferait du bien. J'ai de l'eau...

J'allais pas faire ça devant lui quand même ! Ça y est, c'était comme un bain public. La tentation était trop grande et j'ai cédé à l'envie d'avoir une haleine fraîche. Il a pris la deuxième brosse et le minuscule tube de dentifrice et on s'est brossé les dents en chœur, trop drôle finalement. J'ai même réussi à rire de la situation. Un bonnet de douche comme lavabo, c'était original ! :D

Ensuite, Alexandre est sorti et à l'aide du savon en crème hydratant-lissant-visage, il a écrit le plus gros SOS qu'il pouvait sur une pierre à l'extérieur, à un endroit à l'abri de la pluie.

Pour compléter son plan, Alexandre a pris ma robe et quelques épingles dans le kit de couture.

— Elle est vraiment très jolie.

— C'est ma robe de bal.

— Je t'imagine dedans, ça doit être spectaculaire.

— Merci... (*Je lui ai tendu la robe.*)

— Je vais faire attention.

— Je sais.

Il est sorti avec ma robe et j'ai repris mon cellulaire pour tenter, encore une fois, d'envoyer un message. Il n'y avait plus rien, ou presque, les batteries étaient à l'agonie et toujours aucun signal.

Un peu plus tard, je suis sortie pour hum... disons, soulager un besoin naturel... et j'ai vu ma robe voler dans le vent comme un drapeau dans la tempête. Elle était visible de loin et elle allait nous rendre service.

Nous avons partagé quelques noix et des fruits séchés.

Alexandre alimentait le feu et s'assurait que je n'aie pas froid.

— Est-ce que tu es encore fâchée contre moi ?

Quoi répondre à sa question ? Oui et non... un peu... de moins en moins ?

—Je sais que c'est moi qui t'ai entraînée dans cette aventure. Excuse-moi. Je croyais que ça te distrairait, pas qu'on se retrouverait dans une situation comme celle-ci.

—Peut-être que l'homme qui nous suit va donner l'alerte.

—Peut-être.

—Tu ne sais vraiment pas qui c'est ?

—Aucune idée. Il s'est probablement fait prendre par l'orage lui aussi.

—Tu crois vraiment qu'il y a un trésor, ou c'est des histoires pour te rendre intéressant ?

—Sincèrement, je crois qu'il y a quelque chose de caché dans cette région... comme dans d'autres... un pays avec autant d'histoire ne peut pas faire autrement que d'avoir des secrets dissimulés un peu partout.

—Peux-tu être plus clair s'il te plaît ?

—Je pense qu'il y a bien un mystère, mais je ne sais pas si je suis sur la bonne piste ou pas. Je ne voulais pas « me rendre intéressant » comme tu dis, mais tu t'ennuyais tellement avec moi. Je n'arrivais pas à t'intéresser à quoi que ce soit. Tu semblais ailleurs et je voulais attirer ton attention. Quand j'ai commencé à parler des Templiers, j'ai vu ton regard s'allumer, alors que jusque-là, tu semblais distraite. Et tu parlais toujours de Milan… Tu ne me voyais même pas.

— Je n'ai jamais parlé de Milan.

— (*Il a ri.*) Tu ne t'es pas entendue ? Milan pense que… Milan dit que… Et là, tes yeux se mettaient à briller.

— Je ne comprends rien… Alexandre, tu as inventé tout ça pour moi ?

— Non, je n'ai rien inventé, mais tu étais tellement sûre de toi. Tu savais ce que tu voulais, tu étais très à l'aise et moi, j'étais timide, et tu me… je ne me sentais pas à la hauteur, alors j'ai voulu trouver quelque chose qui te…

— Ça y est, tu ne fais plus de phrases complètes. Je t'intimidais ? Moi ?

— Oui.

— Arrête, je me sentais tellement idiote à côté de toi. Tu connais tout… les rois, les histoires, les lieux importants. Tu es tellement plus cultivé que moi. Je ne voulais pas que ça paraisse. Je faisais celle que ça ennuie, mais au fond, c'est passionnant tout ce que tu sais… mais comme je me sentais super nulle, je voulais te faire sentir idiot…

— J'étais jaloux de ce Milan dont tu parles tout le temps. Je voulais que les étoiles brillent dans tes yeux, pour moi.

— Tu voulais… me séduire ?

— Je pense, oui… mais plus j'essayais et plus je t'embêtais.

— Mais non… cette histoire de trésor a fini par m'amuser.

— Savannah, depuis la première fois que je t'ai vue…

Il y a eu un silence.

— Alex… Ne dis plus rien, O.K. ?

— Comme tu veux.

J'étais un peu bouleversée par notre discussion. Est-ce que j'avais pu me tromper sur lui depuis le début ? Est-ce que j'aurais dû voir que sa façon de chercher à m'impressionner venait de son malaise face à moi ?

— Alex… le codex, le dossier ?

— C'est vrai… tout est vrai, a-t-il assuré.

Il s'est levé.

— Je vais chercher d'autre bois, on va en manquer et je vais profiter de la clarté pour visiter un peu mieux la grotte.

J'étais seule et je réfléchissais à cet échange. Comment peut-on autant se tromper sur quelqu'un ? Je croyais qu'il se pensait plus intelligent que moi. Qu'il était prétentieux et snob. Alors qu'il est généreux et très gentil. Il m'a fait visiter Paris, alors qu'il n'était pas obligé de le faire. Il s'occupe de moi dans cette grotte, alors qu'il pourrait m'oublier complètement.

Je ne lui ai même pas donné une vraie chance de se faire connaître. Je l'avais déjà jugé, avant même qu'il ouvre la bouche.

Je suis juste pas fière de moi là !

Sur quoi reposait mon impression ? Sur son attitude trop réservée à notre première rencontre ? Ensuite, nos visites pendant lesquelles il cherchait à me faire découvrir des choses que je ne connaissais pas ? Je l'ai mis dans la catégorie intello-plate-prétentieux. Pourtant, la connaissance n'est pas un défaut, c'est mon ignorance qui devrait en être un.

Alexandre est revenu essoufflé et m'a demandé de le suivre après avoir pris du papier et des allumettes.

— Tu as trouvé quelque chose ? Une sortie ?

— Non, mieux.

— Mieux ? Le trésor ?

Il a ri et m'a pris la main pour m'entraîner derrière lui. On a parcouru la grotte, il y avait des tunnels qui menaient vers d'autres espaces ouverts, éclairés par de petites ouvertures venant du plafond et tout à coup, devant moi, un mur différent des autres. Alexandre a fait une torche avec du papier et quand il l'a allumée, j'ai vu apparaître des dessins étranges, des spirales, des croix, des ronds, une sorte de pyramide, des symboles qui avaient été creusés dans la roche.

— Qu'est-ce que c'est ?

— Une découverte qui vaut tous les trésors... ce sont des symboles laissés par quelqu'un qui voulait nous dire quelque chose d'important. Sans doute qu'ils datent de l'époque des Templiers.

— Wow...

Encore une fois, je ne trouvais pas les mots.

— Exactement... Wow !

Nous sommes restés de longues minutes à regarder les dessins sur le mur, en nous tenant la main. Je ne pouvais pas décoder le message, mais je devinais que c'était une découverte précieuse. Le moment était intense.

Quand la torche a fini de brûler, nous sommes retournés à notre grotte. Alexandre m'a aidée à rattacher les feuilles du journal qui avaient glissé sur mes jambes.

Il ne nous restait qu'à attendre que quelqu'un voie ma robe ou le SOS géant. Nous ne pouvions rien faire d'autre, nous étions en état de survie.

J'en ai profité pour observer discrètement mon compagnon d'infortune. Je devais être aveuglée par un mystérieux virus pour ne pas voir qu'il avait du charme. C'était comme si je le regardais vraiment pour la première fois. Il portait toujours son uniforme puisqu'il avait remis sa veste. Il était grand, ce qui avait probablement accentué l'impression de timidité à notre première rencontre. Un mètre quatre-vingt-dix, longues jambes, belles mains. Les yeux d'un bleu intense comme un ciel d'été en fin de journée. Les cils très noirs, les cheveux courts et très foncés, comme s'il avait un peu de sang amérindien en lui. Le contraste du bleu des yeux et du noir des cils était éblouissant, presque surnaturel. Les lèvres minces s'ouvraient sur un sourire parfait.

Alexandre Préfontaine était beau et je ne m'en étais pas rendu compte ?

Grâce au peu de batteries qui me restait, j'ai pu revoir les photos du mariage. Lui et moi, faisant la grimace, dansant ou souriant à l'appareil que je tenais à bout de bras. Il n'avait pas changé, c'est mon regard qui ne le voyait plus de la même façon.

Je me souviens d'une phrase que ma mère dit souvent :

« L'amour est très proche de la haine. »

Est-ce que je détestais Alexandre pour ne pas me rendre compte que j'étais en train de tomber amoureuse ?

Je croyais n'aimer qu'un seul homme dans ma vie, Milan. Mais ce dernier en aimait une autre et peut-être que je pouvais moi aussi, en attendant qu'un jour… enfin… est-ce que…

Alexandre me regardait. On restait silencieux, à s'observer, comme si c'était la première fois.

— C'est drôle, on dirait que tu as des étoiles dans les yeux. Tu penses à lui ?

— Non… nonnnn…

Comment lui faire comprendre que ces étoiles-là étaient pour lui ?

— Je voudrais tellement que tu penses à moi quand tu as les yeux qui brillent comme ça.

— Eh bien…

— Je sais… laisse tomber.

Noonnnnnnnnnn, je ne voulais justement pas qu'il laisse tomber. J'ai frissonné.

— Tu as encore froid ? Approche-toi du feu…

Il m'a mis sa veste autour des épaules.

— Non, c'est toi qui va avoir froid maintenant.

— Ça va.

— Colle-toi… on va se réchauffer tous les deux.

J'avais eu une trop bonne idée. Il s'est assis derrière moi, et il me tenait contre lui. Dehors, le soir descendait et nous devions nous préparer à passer une autre nuit dans cette grotte.

Il m'a raconté sa vie, d'abord à Montréal et puis à Toronto. Il était drôle quand il parlait de ses premiers contacts avec les Parisiens. Selon lui, nos noms allaient être dans le journal, pas seulement sur la première page avec des gros titres du genre : « Deux jeunes écervelés perdus en cherchant le trésor des Templiers. » Mais aussi, dans les pages scientifiques : « Deux jeunes Québécois découvrent des dessins mystérieux par hasard. »

Je me suis endormie en écoutant sa voix rassurante. Il faisait chaud contre son corps et je ne voulais pas être ailleurs que dans ces bras-là.

Chapitre 20

La pluie avait cessé pendant la nuit et le silence nous a réveillés. Un rayon de soleil timide jouait à l'entrée. Alexandre s'est levé d'un bond pour aller voir ce qui se passait et s'est penché vers l'extérieur pour lancer un long cri, mais seulement l'écho de sa voix nous est revenu.

On est sortis et après quelques pas, on a constaté que le chemin avait été emporté. À la place, un pauvre pin résistait difficilement. Il était déraciné et s'appuyait péniblement contre une roche, mais il ne tiendrait pas longtemps. Donc, pas moyen de prendre le chemin vers la gauche et à notre droite, un vide de trente mètres environ. Comment on avait réussi à grimper là ? C'était un mystère. On ne voyait aucune route, aucune maison, nous étions totalement isolés.

Tout à coup, le pied d'Alexandre a glissé; il s'est rattrapé au pin et mon cœur s'est arrêté de battre, parce que l'arbre était trop instable. Je lui ai tendu la main, mais j'étais trop loin et il se tenait en équilibre.

J'avais peur qu'il tombe et qu'il disparaisse, je devais faire quelque chose. J'ai pris le foulard de *La Dame à la licorne* et j'ai lancé un bout à Alex, ça rallongeait des quelques centimètres nécessaires pour qu'il ait une bonne prise. J'ai pu le tirer vers moi. Il s'est arrêté tout près. Il m'a regardée, il était tellement proche que je sentais son cœur battre contre ma poitrine.

Il m'a pris le visage avec ses deux mains, m'a observée profondément, comme s'il voulait voir à l'intérieur de moi et m'a embrassée. Lentement, intensément et puis délicatement. Je ne voulais pas qu'il arrête. À ce moment-là, une partie de moi avait hâte d'être sauvée, mais l'autre ne voulait pas briser cet instant d'intimité exceptionnelle.

C'est alors qu'on a entendu un bruit étrange et puissant. Alexandre a crié que c'était un hélicoptère et il est entré dans la grotte pendant que je regardais le ciel, mais je ne voyais rien. Il est ressorti avec le miroir en nacre et il a joué avec les rayons du soleil pour envoyer des faisceaux sur les parois de la montagne.

Alors, je l'ai vu, il était rouge et il avançait lentement au-dessus de nous. Alexandre riait et jouait avec le miroir pour qu'ils nous repèrent.

— Ils nous ont vus, Savannah. On est sauvés !

L'hélicoptère a tourné au-dessus de nous et le copilote nous a envoyé la main pour qu'on sache qu'ils nous avaient repérés. Maintenant, il ne restait plus qu'à attendre qu'ils trouvent un moyen de venir jusqu'à nous.

Je me suis regardée dans le miroir et j'ai failli crier en voyant mon visage sali par la boue, mes cheveux hirsutes et le mascara qui avait coulé allègrement sur mes joues. J'étais affreuse, comment Alexandre pouvait me trouver intéressante ? J'avais honte. Il était si beau malgré la saleté et ses cheveux décoiffés, alors que moi, je ressemblais à un primate.

J'ai entrepris de me faire une beauté. Le petit peigne, qui était dans le nécessaire de toilette, n'était pas très efficace dans ma chevelure épaisse, mais au moins, ça aidait un peu. J'ai pris l'eau qui restait dans le bonnet pour me laver le visage et retirer le mascara. J'ai ajouté un peu de savon et j'ai frotté.

Alexandre m'a demandé ce que je faisais. Je lui ai expliqué que je venais de me voir et que je me faisais peur.

Il a pris mon visage et m'a dit que j'étais belle, malgré les traces de maquillage. Il a pris un coin de mon foulard et l'a trempé dans l'eau. Il a ajouté un peu de savon et il a commencé à nettoyer sous mes yeux doucement.

—Tu es belle peu importe la situation, Savannah. Et il ne doit rien y avoir de plus merveilleux au monde que d'ouvrir les yeux tous les matins sur ton visage magnifique.

— Tu es trop gentil. (*Mon cœur venait de fondre, il est adorable.*)

— Je voudrais que ce moment n'arrête jamais. Mais ils vont venir… dans quelques heures, demain au plus tard et je veux que les photographes t'immortalisent dans toute ta splendeur et non pas comme ça… parce qu'ils risquent de te prendre pour le yéti… (*Il a éclaté d'un rire franc.*) C'est pour ça que je vais t'aider avec ce truc noir qui te coule sous les yeux.

— C'est du mascara !

Je lui ai tapé sur le bras, parce qu'il se moquait de moi.

— Tu es un joli yéti quand même.

Je me suis mis à le frapper gentiment et il m'a attrapée et collée au sol. On riait, mais tout à coup, la proximité de sa bouche… si près de la mienne que je sentais la chaleur de son souffle, faisait battre nos cœurs plus vite. Il respirait rapidement et je voyais quelque chose de différent dans son regard. Il m'a embrassée fougueusement, comme si on allait manquer de temps, comme s'il fallait en profiter tout de suite, maintenant.

Je l'ai laissé descendre les bretelles de ma robe, ses mains étaient caressantes et mes frissons n'étaient plus causés par le froid. Il me murmurait à l'oreille que j'étais belle et douce. Sa voix était un peu rauque et je ne voulais surtout pas qu'il arrête.

Il embrassait mon cou, mes épaules et je l'ai laissé glisser jusqu'à ma poitrine. Il a caressé mes seins et j'avais envie de lui dire que je l'aimais... mais plus un son ne sortait, j'étais envoûtée.

Il s'est arrêté tout à coup. Il a dit qu'il entendait du bruit; je n'avais rien entendu.

Les secours arrivaient peut-être et moi, j'avais juste envie de leur dire de revenir plus tard.

Chapitre 21

Alexandre est rentré après avoir regardé partout à l'extérieur.

— Alors ?

— Je n'ai rien vu, a-t-il dit, un peu déçu. Le vent a changé de direction et les bruits sont différents.

— Tu as hâte qu'ils arrivent ?

— Un peu quand même, pas toi ?

— Oui, oui… je suppose que oui.

Il s'est assis tout près de moi et m'a prise dans ses bras.

— Je suis bien avec toi, mais j'ai hâte de prendre une douche chaude. De manger un vrai repas, n'importe quoi qui soit chaud et bon… et de changer de vêtements aussi. Ensuite, je vais pouvoir t'embrasser encore et encore. On va reprendre la voiture et retourner à Paris tranquillement, tous les deux, et on va prendre notre temps… pour profiter de chaque minute.

— C'est vrai que j'ai un peu froid et qu'une douche chaude… ou un bain, ça fait trop rêver.

—J'ai hâte de m'asseoir sur quelque chose de confortable, parce que la pierre, j'en ai déjà un peu assez, non ?

J'ai ri. Il avait raison.

On continuait à alimenter le feu et à manger nos noix. Ce n'est pas la même attente quand on sait qu'on a été repérés et qu'on va bientôt venir nous sauver. Il y a une angoisse en moins et ça permet de rester optimiste.

On avait fait ce qu'il fallait : surtout rester sur place. Nous tenir au chaud et indiquer notre présence avec quelque chose de voyant pour qu'on nous repère de loin. On aurait également pu écrire un SOS avec des pierres ou en coupant des herbes hautes. Un feu est aussi un bon moyen d'être vu à bonne distance. J'avais appris ça au camp de vacances, il y a quelques années. Les moniteurs nous avaient aussi montré à faire un abri avec des branches de sapin qui sont très isolantes. Ici, le seul arbre tout près était un pauvre pin qui était sur le point de dégringoler. Heureusement pour nous, l'hiver était doux cette année. Notre feu et le papier journal suffisaient à nous tenir au chaud.

Les heures s'écoulaient et rien ne se passait. J'ai fini par me demander si l'hélicoptère n'était pas une hallucination.

On a commencé à regarder ce que j'avais écrit et Alexandre me posait des questions.

Je lui parlais de mes amis. De Aïcha qui allait nous faire une chorégraphie géniale sur une chanson de Katy Perry. On allait être au moins huit, peut-être plus, et on allait faire comme dans les films, quand tout un groupe danse la même chose. Je lui ai raconté mon amitié avec Anaïs et Coralie.

On parlait et on apprenait à se connaître. Il m'a dit qu'il avait une petite sœur handicapée qui vivait chez ses grands-parents à Montréal. Il m'a expliqué que son père était d'origine française et sa mère, de Montréal, et que l'homme qui nous avait prêté la voiture était le père de son père. Donc, c'était les parents de sa mère qui gardaient sa sœur. Comme elle devait recevoir des soins spécialisés, elle ne pouvait pas les accompagner à Paris. Il était triste et ça m'a touchée de voir qu'il s'ennuyait d'elle.

Alors, j'ai posé la question. Genre trop la question qui me brûlait en dedans… Tu reviens quand à Montréal ?

Il a hésité et puis il m'a avoué qu'il s'était inscrit à l'université de Paris et qu'il pensait y terminer ses études. Ses parents devaient rentrer à Montréal à la fin des cours, mais il y avait son grand-père qui proposait de le loger chez lui.

O.K., il est où le bouton panique ? Je suis en train de tomber amoureuse d'un gars qui va trop vivre à huit millions de kilomètres de chez moi…

Il m'a serrée plus fort et m'a embrassée dans le cou en me disant : « Mais je vais voir ce qui va se passer. Disons qu'une princesse charmante vient de faire son apparition dans ma vie et qu'il va falloir que je réévalue la situation. »

Viiiiteee sortons le dictionnaire hommes-français. Parce qu'ils ont parfois un langage différent du nôtre... Est-il en train de me dire qu'il va songer à changer ses plans pour moi ? On se connaît genre depuis trois minutes et demie et il songe déjà à notre avenir ? J'étais tellement touchée que j'avais juste envie de lui sauter dans les bras et de l'embrasser quand un bruit de moteur a attiré notre attention.

On est allés voir et il y avait un camion tout en bas. Une équipe de quatre personnes en est descendue et deux voitures sont arrivées juste derrière. Les gens étaient trop petits pour être identifiés formellement, mais juste comme ça, je pouvais déjà dire que mon père et Loup étaient du groupe. Mon cœur s'est serré en pensant à l'inquiétude que j'avais dû leur faire vivre.

Les voilà qui s'activaient en bas de la montagne. Difficile de voir ce qu'ils faisaient, mais nous allions sans doute bientôt quitter notre grotte.

Chapitre 22

Ils étaient presque parvenus jusqu'à nous. Le chef de l'équipe de secours nous parlait avec son porte-voix et ils sécurisaient des piquets dans le roc. Il pleuvait un peu et ça rendait tout très glissant. Je me suis demandé comment on allait descendre quand Alexandre m'a dit que j'allais passer la première.

— Passer où ?

— Fais-leur confiance. Si tu as peur, ferme les yeux et écoute ce qu'ils disent.

— Pourquoi j'aurais peur ?

Alors, j'ai compris qu'on allait nous faire descendre attachés à une corde… jusqu'en bas.

Ohhhhhhhhhh… reste calme. Maître Jedi demandé en urgence !

Déjà, deux hommes étaient de l'autre côté du pin. Le premier tentait de faire tomber l'arbre pour qu'il ne soit plus un obstacle entre nous, mais il résistait et ne bougeait pas.

Le deuxième homme nous a dit : « Je vais vous lancer le harnais... attachez-vous et nous pourrons commencer la descente. »

— Tu ne veux pas passer en premier, je pourrais regarder comment tu fais et...

— Non... Il ne faut pas avoir peur, Savannah... Je veux que tu passes en premier. Si quelque chose ne va pas, je peux me débrouiller pour attendre encore.

Je me suis avancée pour essayer d'attraper la corde qu'on me lançait, mais c'était trop loin et elle retombait toujours à la hauteur de l'arbre. Je n'avais pas le choix, je devais m'étirer, m'agripper à l'arbre qui, malgré tout, semblait vraiment instable et, à l'aide de ma main droite, attraper le harnais en vol. Je devais me concentrer. C'était pas facile, mais pas impossible.

J'ai donc pris un élan et attrapé l'arbre d'une main... mais mon pied a glissé sur la roche à cause de la pluie et j'étais déséquilibrée. Alors, une main s'est tendue vers moi et je l'ai agrippée de toutes mes forces. En levant les yeux, je l'ai reconnu. L'homme de mon rêve, celui qui nous suivait depuis le début, c'était lui qui était là. Ses yeux étaient sombres et ses lèvres pincées, j'ai crié encore plus fort.

— Accroche-toi bien... je te tiens... tout va bien, a-t-il dit doucement.

Il me parlait gentiment et ses yeux sévères et sa bouche ne montraient que des signes de concentration extrême. Il m'a attrapée et il a attaché le harnais. Je n'y comprenais rien, qui était-il ? Qu'est-ce qu'il faisait là ? J'aurais voulu prévenir Alexandre mais j'étais déjà en train de descendre. Il y avait une sorte de treuil qui me faisait glisser et je ne voyais plus rien.

J'ai réalisé que j'avais oublié mon sac à dos et je regrettais de ne pas avoir enlevé le journal qui m'enveloppait, parce que l'eau faisait gonfler le papier et c'était inconfortable.

Je ne savais plus où j'étais ni depuis combien de temps la descente était commencée quand j'ai senti des bras solides me prendre la taille et me détacher. Ils m'ont recouverte d'une couverture bien chaude. En quelques secondes, j'étais dans les bras de *Dad* qui me serrait contre lui avec tellement de force que j'ai dû lui dire qu'il m'étouffait.

Quand il m'a laissée, c'était pour mieux me regarder. Il voulait savoir si j'étais blessée, si je souffrais et j'essayais de le convaincre que tout allait bien.

—Attends que je l'attrape, cet imbécile d'Alexandre Préfontaine.

—Non... papa, c'est pas de sa faute... il a été super gentil.

—Il ne devait pas t'entraîner ici.

—C'est à cause de la tempête, il n'a fait que me protéger.

Je ne voulais pas que mon père soit en colère contre Alex. Mais il ne m'écoutait pas.

Il est allé rejoindre le groupe de gens au pied de la montagne. Loup est venu près de moi et m'a pris la main, avant de me serrer dans ses bras.

— Ne me fais plus jamais ça... J'ai eu tellement peur.

— Je suis désolée...

— Si tu savais... j'ai pensé au pire... Je te croyais morte... et c'était insupportable.

J'ai remarqué qu'il avait les yeux pleins d'eau.

— Tout va bien maintenant.

— Savannah, je m'excuse de ne pas être monté en voiture avec vous. Je m'en veux tellement.

— Loup... merci... (*Je l'ai repoussé pour le regarder dans les yeux.*) Ça va... O.K. Tout va bien maintenant.

Alexandre redescendait avec mon sac à dos et la pluie était plus forte, on ne voyait presque plus rien.

Ses parents étaient là pour le recevoir. Ils l'ont pris dans leurs bras et l'ont entraîné loin de moi. Je ne comprenais pas, où allaient-ils ? Hé, ho... Je voulais rester avec Alexandre, moi. « Qu'est-ce qui se passait ? »

On est montés chacun dans notre voiture après que les parents aient remercié les secouristes.

L'homme de l'université est parti avec les Préfontaine, comme s'il les connaissait.

Un journaliste est arrivé avec son photographe, mais ils n'ont pu que prendre des photos de l'équipe de secours et des voitures qui partaient. Finalement, on ne fera pas la couverture des journaux. Du moins, pas pour avoir été sauvés. C'est ce que je pensais, mais c'était sans compter Internet, où mes amis avaient créé une page Facebook pour nous venir en aide, et les nouvelles, à la télévision, s'intéressaient à nous. J'allais en entendre parler pour les dix prochaines années, minimum.

Chapitre 23

J'étais super en colère : pourquoi on ne me laissait pas voir Alex ? Après avoir subi quelques examens de routine à l'hôpital, j'étais de retour à l'hôtel. J'avais pris un long bain bien chaud et mangé légèrement pour ne pas me rendre malade.

Mon père ne voulait pas que je sorte voir Alexandre, qui était assis sur la terrasse avec ses parents. Je le voyais en bas et c'était juste trop dur de ne pas pouvoir lui parler.

Dad était fâché contre les Préfontaine, il ne voulait rien entendre et m'a demandé de les éviter.

Quand il a dû s'absenter, j'ai enfin pu interroger Loup sur ce qui s'était passé pendant les derniers jours :

— Papa était hors de contrôle, je ne l'avais jamais vu aussi en colère. Il a dit aux Préfontaine que c'était de leur faute et qu'il aurait jamais dû faire confiance à leur fils. On a d'abord reçu le message d'Éva.

— Euh... Éva, c'est qui ?

— Voyons Savannah, Éva... Tu vas pas me dire que tu l'appelles encore Bitch, franchement ?

— Oui... Éva... Bitch s'appelle Éva, c'est bien, continue.

— Elle a reçu ton message.

— Mon message ?

— Tu es certaine que ça va ? Tu as envoyé un texto avec ton cellulaire.

— Quoi ? Mon message est finalement parti ? Je m'en suis pas rendu compte. Peut-être quand je suis sortie ? J'ai dû avoir un signal une ou deux secondes... Wow !

— En tout cas, Éva l'a reçu à Montréal, il était genre deux heures du matin. Elle a appelé tout le monde qu'elle connaissait pour savoir comment me joindre. Vers cinq heures, elle est allée sonner chez Lydia. Avec son aide, elles ont réussi à contacter l'hôtel de Carcassonne.

— Elle a fait ça ? Je veux dire, elle a passé la nuit à essayer de t'appeler pour te prévenir ?

— Oui, ça t'étonne ? Éva est une fille super fine. Arrête de m'interrompre si tu veux tout savoir. (*Je lui ai fait signe de continuer et j'ai mis un doigt sur ma bouche pour indiquer que je ne dirais plus rien.*) L'hôtel était déjà au courant qu'on te cherchait. Ils ont prévenu papa, qui a loué une voiture, et on est partis vers Rennes-le-Château en moins de trois minutes. On a reçu l'appel des Préfontaine que votre voiture avait été repérée par un ami.

— Ils le connaissent... le type qui est monté pour nous sauver ?

— Oui, c'est un collègue de monsieur Préfontaine. Ils travaillent ensemble sur un codex de j'sais pas trop quoi et il était dans la région pour tenter de déchiffrer certaines inscriptions sur la pierre, quelque chose du genre... Mais on ne savait pas où vous étiez et la météo était horrible. Les routes étaient coupées par les inondations, il y a eu des glissements de terrain, papa était super nerveux et ne parlait à personne. Un avion de reconnaissance a vu de la fumée. Ils ont donc pensé que c'était peut-être vous... ils ont envoyé un hélicoptère. Voilà... on vous a trouvés... Tu ne peux pas t'imaginer comme tu nous as fait peur...

C'est Bitch, je veux dire Éva, qui a reçu mon texto ? Je la pensais bien trop superficielle pour aider qui que ce soit. Pourtant, elle avait pris mon message au sérieux et avait passé la nuit à chercher le moyen de contacter mon frère.

Notre ennemi juré, qu'on fuyait parce qu'on pensait qu'il nous voulait du mal... était en fait un associé du père d'Alex.

Eh bien, il y a une chose qui est claire dans cette histoire, c'est que je suis la championne toutes catégories pour me tromper sur les gens. Je les juge sur quoi, en fait ?

Éva, je la connais peu, c'est plutôt des rumeurs qui circulent à son sujet. À l'école, tout le monde l'appelle Bitch, je ne me suis jamais demandé si elle méritait ou pas ce surnom plein de méchanceté. Elle ne sait pas s'habiller, c'est vrai qu'elle fait un peu vulgaire, mais... je pourrais lui expliquer et lui montrer comment se mettre en valeur. Peut-être que personne ne lui a jamais dit.

Bon, Savannah, t'as du travail à faire. Tu juges trop facilement et il est possible que la plus superficielle des deux, ce soit toi.

Même Alexandre a été victime de mon moulin à appréciations douteuses. On ne connaît pas les gens après quelques phrases et surtout... on ne peut pas les juger sur leurs vêtements.

Les trois personnes importantes qui m'ont sauvé la vie... étaient des gens que j'avais mal jugés. S'il y a une leçon à tirer de mon aventure, c'est bien de ne plus me fier aux apparences.

J'ai expliqué la situation à Loup. Je lui ai dit que j'étais amoureuse d'Alexandre et que je l'aurais suivi en bikini dans un igloo. Qu'il n'était pour rien dans cette histoire, au contraire, qu'il m'a appris énormément de choses sur la vie.

Loup m'a souri et je savais qu'il me comprenait.

— Et maman, elle s'est inquiétée ?

— Papa a parlé à son répondeur, parce qu'elle est dans le désert et son cellulaire ne fonctionne pas où elle est. Elle va sûrement l'apprendre aujourd'hui, mais elle découvrira en même temps que tout va bien. Maman aurait pété une coche et elle aurait débarqué si elle l'avait su avant.

— Elle ne sait rien encore ?

— Non... Ça ne doit pas, puisqu'elle n'a pas encore appelé.

— Elle va hurler. Elle va nous faire une crise d'enfer.

— Je sais... Il paraît qu'ils ont parlé de votre disparition à la télé chez nous.

— Oh non... t'es pas sérieux ?

— Oui et attend de voir ta page Internet ! Jobs a fait ça en grand. (*Il riait.*)

On a frappé à la porte et j'ai couru pour répondre. J'avais trop l'espoir que c'était Alexandre, mais c'était un garçon de l'hôtel qui m'apportait mon sac à dos et un paquet.

J'ai ouvert le colis et c'était ma robe de bal qui avait été nettoyée. Elle était presque comme neuve. Il y avait de minuscules trous sur les épaules, laissés par les épingles, presque rien... mais j'étais triste, Alexandre n'était pas venu la porter lui-même. Est-ce qu'ils avaient réussi à le monter contre moi ? Il n'avait plus le droit de me voir ?

Loup m'a prise par les épaules et m'a murmuré à l'oreille de ne pas m'en faire, que le temps calmerait tout le monde et qu'il parlerait à papa pour moi. Mais d'abord, je devais écrire un mot à Éva pour la remercier.

Chapitre 24

Identification visuelle ?   **Hôtel, Paris**
Identification auditive ?   **Je suis seule :(**

Pas de beau voyage de retour avec Alexandre, tous les deux seuls, comme il l'avait proposé, mon père n'a rien voulu entendre. Je suis rentrée avec *Dad*, encore ébranlé par le stress, et Loup qui essayait de me changer les idées du mieux qu'il pouvait.

Mon frère m'a avoué que ce voyage lui permettait d'oublier un peu ce qui se passait à Montréal. Il était toujours amoureux de la trop belle Lydia. Je me demande quand cette histoire a commencé. Sans doute quand ils étaient enfants, vers cinq ou six ans. Il a toujours eu des sentiments très forts pour elle.

D'imaginer Milan avec Lydia ne me brisait plus le cœur. Le temps et Alexandre avaient tout effacé. J'avais même de la difficulté à me souvenir de son visage.

Mais Loup, rien ne pouvait lui faire oublier son amour. Il y avait quelque chose d'ancien, d'une autre époque, dans son attitude. J'ai réalisé qu'en fait, il était une sorte de chevalier, comme on en voit dans les histoires médiévales, un peu comme le Thibaud de mon rêve. Il vit une passion et toute sa vie tourne autour de cet amour. Mon frère est une sorte de ménestrel qui va de maison en maison, pour chanter l'amour impossible avec sa belle. Bon, pas de maison en maison, mais disons d'un voyage à l'autre... c'est une façon de parler.

Pendant le trajet, Alexandre avait trouvé le moyen de m'envoyer des textos. Nous avions choisi de fausses identités, j'étais Aliénor Flamel et Alexandre était Nicolas de Molay. Nous pouvions nous parler sans problème sur Facebook. Ah, ah, ah, les parents ne connaissent pas toutes nos ressources... Heureusement. ;)

Alex avait dû rester avec ses parents à Rennes-le-Château où la découverte des inscriptions sur la pierre faisait beaucoup de bruit. Les journalistes et les scientifiques étaient nombreux à vouloir voir notre trésor. Parce que oui, finalement, on en avait trouvé un. Pas celui qu'on espérait, mais quand même.

J'ai ouvert la télévision pour regarder l'émission dont m'avait parlé Alexandre. Une journaliste était sur place et interrogeait monsieur Préfontaine juste trop fier d'être la vedette de l'heure. À l'entendre, c'était lui qui avait fait la découverte, son fils existait à peine et moi ? Pas du tout. Mais je le savais, Alex m'avait prévenu que son père ne portait plus à terre et était juste trop satisfait.

Monsieur Préfontaine était tout sourire à l'écran :

— Oui, c'est une découverte d'une grande importance. Les symboles nous révèleront certainement une partie du secret que cache la région depuis si longtemps. Les signes ressemblent à une carte, un jeu de piste peut-être, qui devrait nous mener à un lieu sacré.

La journaliste a demandé s'il croyait qu'il s'agissait du trésor des Templiers.

— Oh, je laisse ces illusions romantiques aux cinéastes. Je crois que ce trésor a été transporté ailleurs, et ce, depuis fort longtemps. Enfin, j'estime qu'il ne serait pas illusoire de penser que ce trésor ait servi et serve encore.

— Mais il y a bien quelque chose à Rennes-le-Château, non ? a insisté la journaliste, visiblement sous le charme des yeux bleus de monsieur Préfontaine.

— Peut-être, mais quoi ? De l'argent caché lors de la Révolution française par des familles nobles ? Quelques restes de sépultures wisigothes ?

Il était trop complètement en train de me perdre, le père Préfontaine... oufff... mais il avait l'air de connaître son sujet.

— Voyez-vous, chère Odile, il faut se replacer dans le contexte de l'époque. À un moment où tout ce qui contredisait la religion était un crime grave, beaucoup d'informations circulaient sous cape. Des découvertes scientifiques autant que des concepts philosophiques. Ce qui était un secret terrible à cette époque pourrait nous apparaître bien insignifiant aujourd'hui.

Il avait raison, on oublie de se mettre dans la situation. Il y a sept cents ans, certaines choses ne se disaient pas ou ne se faisaient pas. Aujourd'hui, ça nous ferait rire.

— J'opte pour que des secrets religieux soient en cause dans cette histoire. Tant d'informations nous ont été cachées. Que s'est-il passé ? C'est ce que nous allons essayer de découvrir dans les prochaines années.

J'ai fermé la télévision. Je sais pas vous, mais moi, il m'avait complètement perdue en route.

Des secrets religieux ? Genre le code Da Vinci ? Mais bon... moi, ça ne me redonne pas Alexandre et je suis trop seule à Paris à ne pas savoir quoi faire.

Je me demandais si je pourrais reprendre ma vie où je l'avais laissée. Trop pas. J'étais différente, je le sentais très profondément en moi. Je ne regarderais plus rien de la même façon.

Loup est venu me chercher et il m'a dit :

— Papa m'a donné carte blanche, je peux t'emmener où tu veux.

Coolllllll... On va magasiner ! Les Galeries Lafayette, avec leur dôme géant. Les nombreux étages... tu vas les faire tous avec moi ?

Euh... je t'attendrai peut-être au café.

O.K. La Sainte-Chapelle, j'adore les vitraux. Le Louvre, je veux encore me prendre pour une princesse. Versailles, c'est pas compliqué de s'y rendre... et puis... le Café de la Paix et le marché aux puces.

— On a seulement deux jours.

— Oh... et faire un tour en bateau-mouche.

Mon frère est génial, je pense que cette aventure nous a vraiment rapprochés.

On a visité les Galeries Lafayette et merci papa, j'avais de quoi m'acheter deux ou trois souvenirs. On s'est promenés au marché aux puces. À la sortie du métro, il y a tous ces marchands qui nous attendent avec leurs sacs à main, vêtements, foulards... et puis, on traverse la rue et on est plongés dans une autre époque, au milieu des antiquaires qui ne semblent pas avoir changés depuis cent ans. J'ai encore trouvé de vieilles photos de la France... Je commence à vraiment aimer ces images du passé. Quand j'étais petite, je pensais que tout était en noir et blanc dans le temps de mes grands-parents.

On a fait le tour en bateau-mouche. On est passés sous le pont Neuf... qui est, en fait, le plus vieux pont de Paris. C'était trop drôle.

On est partis pour Versailles et nous avons d'abord marché dans les jardins à nous imaginer les années où Louis XIV faisait donner des spectacles grandioses. On a visité le Trianon et la ferme de Marie-Antoinette. Puis l'intérieur, avec les salles qui se suivent. On passe d'une chambre à l'autre parce que les corridors avec portes n'existaient pas à l'époque. On a tellement ri de l'absence de toilettes. Ils avaient juste oublié de les inclure dans les plans de construction... Ah, ah, ah... petit oubli... LOL.

Les valets se promenaient avec des seaux. Les gens leur faisaient signe et allaient se cacher derrière les rideaux... ;)

Pendant ces deux superbes journées, mon frère et moi avons passé beaucoup de temps ensemble. Quand on est rentrés à l'hôtel, épuisés, pour faire nos valises, je lui ai dit merci et surtout quelque chose que je ne lui avais jamais dit... « Je t'aime ». Il était tout intimidé et il a répondu que lui aussi m'aimait et qu'il avait eu peur de me perdre.

Voilà... il était temps de faire les bagages.

Alexandre m'envoyait des messages, toujours de là-bas... il disait que c'était notre grotte et qu'il avait inscrit nos initiales dans la pierre à un endroit caché. Trop mignon.

Chapitre 25

Retour à la réalité, à la neige et à la vie de jeune étudiante qui travaille au café du coin.

Ma mère n'a pas trop capoté, je pense qu'elle ne s'est pas vraiment rendu compte que j'étais totalement perdue dans un trou. Je ne tiens pas à ce qu'elle connaisse tous les détails, en fait. Elle m'a seulement dit : « La prochaine fois, ne pars pas en excursion sans dire exactement où tu vas. » Bon point !

Au travail, j'ai appris que Milan et Lydia étaient maintenant officiellement un couple d'amoureux. Il faut les voir, ils sont tellement charmants ensemble. Quand elle entre au café, les yeux de Milan s'allument comme des gyrophares et elle n'en finit pas de sourire. Je pense que c'est la même chose pour Alexandre et moi, sauf que nous ne pouvons que nous écrire.

Mon anniversaire est arrivé et Loup m'a emmenée au restaurant. Juste lui et moi. C'était génial. Ce n'était que de la pizza, mais elle était bonne et j'étais avec mon frère, ça n'avait pas de prix.

Dix-sept ans, c'est pas mal, mais c'est pas tout à fait assez, parce que c'est à dix-huit que tout arrive, mais je ne pouvais pas faire aller le temps plus vite, déjà qu'il passe parfois comme un éclair.

Mon père m'a offert de prendre des cours de conduite et ma mère, une fin de semaine dans un centre de thalasso. Juste elle et moi.

Je vous raconterai peut-être un jour ce week-end en thalasso. Ma mère a critiqué tout ce qu'on mangeait... elle a hurlé en sautant du lit, parce que la fille qui lui faisait l'épilation avait mis la cire trop chaude. Elle la poursuivait en donnant des coups de serviette dans les airs et criait « elle veut ma peau... au secours » et elle s'est endormie pendant un miniconcert de piano... et elle ronflait sérieusement ! Finalement, j'ai adoré ma fin de semaine. Ma mère est assez drôle et je crois que je tiens plus d'elle que je veux l'admettre.

On a beaucoup parlé et évidemment le sujet de son nouvel amoureux est venu sur le tapis... je devrais plutôt dire sur le banc du sauna, mais bon... Comme je me suis trompée sur tout le monde depuis des mois, aussi bien ne pas me fier à mon instinct; j'ai accepté de le rencontrer et de faire un effort pour le connaître. Fallait bien que mon expérience me serve... et je devais laisser une chance aux gens de me montrer qui ils sont avant de les juger.

Les cours avaient repris et la première chose que j'ai sue, c'est que nous devions commencer les répétitions pour notre fameuse danse.

La question des cavaliers ne faisait plus partie de nos discussions. Nous serions cinq filles et Jobs : on allait trop avoir un plaisir fou. En fait, on a réalisé qu'on aurait autant de *fun* entre amis, sinon plus. On allait pouvoir se laisser aller à fêter notre fin de secondaire à notre goût.

Pour les répétitions, on avait besoin d'un grand espace. On était à la cafèt', Jobs, Anaïs, Aïcha, Charlotte, Éva et moi. Oui, oui, j'avais décidé que l'ancienne Bitch allait devenir notre nouvelle amie, elle écoutait tous mes conseils vestimentaires avec intérêt. On se demandait bien où on pourrait pratiquer. Surtout qu'Aïcha faisait du recrutement et qu'on serait bien une bonne quinzaine à la fin.

Charlotte nous a proposé d'aller chez elle.

Le samedi suivant, nous étions chez elle. D'abord, on ne savait pas où elle habitait, on ne lui avait jamais posé la question. On a découvert qu'elle vivait au bord de la rivière, dans une très jolie maison.

Décidément, c'était l'année des erreurs sur la personne. Comment on peut être amis avec Charlotte depuis deux ans et ne pas savoir qu'elle habite une belle maison au bord de l'eau, avec piscine ?

Tout était tellement beau en plus. Sa maison aurait pu faire la une de tous les magazines de décoration. Bonheur absolu et total, le père de Charlotte travaillait comme producteur de pub et avait son propre studio d'enregistrement dans le sous-sol, juste à côté, une grande pièce avec miroir pour la danse. C'était parfait, trop génial. On hallucinait !

Charlotte avait une garde-robe plus grande que ma chambre (j'exagère un peu, mais quand même). Elle avait au moins dix trophées de ringuette.

On lui posait mille questions. Tu as des frères et des sœurs ? On a appris qu'elle avait une sœur et un frère. Ses parents étaient divorcés et son père s'était remarié avec une jeune chanteuse fort sympathique qui nous avait préparé une collation délicieuse.

C'était le temps de faire le point sur tout le monde. J'en avais assez de voir que je connaissais mal mes amis. J'avais été égocentrique, trop préoccupée par moi-même pour réaliser ce que vivaient les gens autour de moi. J'avais un peu honte et j'étais décidée à remédier à la situation.

Nous avons demandé à Aïcha de nous parler d'elle. On savait qu'elle avait émigré du Maroc avec ses parents. Mais pas que la situation était encore difficile pour eux. Son père travaillait comme avocat là-bas, mais ici, il devait se contenter d'un emploi de secrétaire juridique. Sa mère devait rester à la maison pour soigner son petit frère souvent malade. Il avait souffert d'un cancer mais était en rémission maintenant.

Pour le bal, la mère d'Aïcha lui avait donné une de ses anciennes robes. Charlotte a proposé à Aïcha de la lui apporter, parce qu'elle faisait de la couture et si elle le souhaitait, on pourrait la retravailler pour qu'elle soit vraiment *hot*.

Jobs avait souffert de rejet tout au long de son secondaire et était content de nous avoir rencontrées. On l'a accepté comme il était, c'est-à-dire un peu trop désorganisé, pas du tout à la mode et constamment plongé dans son ordinateur. Il fallait remettre les pendules à l'heure, c'est nous qui étions trop heureuses de l'avoir comme ami. Il était toujours prêt à nous dépanner quand on avait des problèmes informatiques.

Anaïs a raconté ses allers-retours entre la France et Montréal et a parlé de la passion de sa mère pour la nourriture santé. Une bio-*hard*, comme elle l'appelle... qui fait des sandwichs avec des trucs qui ressemblent à de la soie dentaire. J'ai bien ri, parce que c'est vrai qu'on évite de manger chez elle, les repas sont juste trop étranges pour nous.

Le père d'Éva avait quitté la maison quand elle était petite et elle ne l'avait jamais revu. Sa mère tente encore de le retrouver. Elle sait qu'on la surnomme Bitch et si elle fait semblant qu'elle est au-dessus de ça, en fait c'est faux, elle souffre beaucoup d'avoir un surnom aussi horrible.

Moi, j'ai parlé de mes vacances de Noël. Des découvertes que j'avais faites. Je leur ai montré le dessin d'Alexandre que je traînais partout avec moi. J'ai réalisé que ce n'était pas normal d'être si proches et de ne pas se connaître plus profondément. J'ai eu envie de faire quelque chose de spécial, une sorte de cérémonie de l'amitié.

Je les ai invités à faire un cercle et on s'est pris la main.

— Tu vas pas nous faire un truc trop quétaine, hein ? a demandé Anaïs.

— On joue au petit cochon ? a suggéré Jobs.

— Non… je voudrais qu'on se promette de rester amis pour toujours. De s'entraider, de se soutenir… d'être là les uns pour les autres.

Il y a eu un temps où l'émotion semblait forte.

— Je promets, a assuré Charlotte.

— Moi aussi… (*Aïcha semblait la plus émue.*)

Nous avons tous promis et il était temps de pratiquer notre fameuse danse. Aïcha avait un très grand talent et c'était tellement génial.

Voilà… les choses avaient repris leur place. Nous passions de plus en plus de temps chez Charlotte. Son père nous a annoncé qu'il offrait la limousine pour le soir du bal… Joie !

C'était vraiment gentil de sa part, on allait faire une entrée remarquée. Je ne pensais plus à Milan qui filait trop le parfait bonheur. Alexandre m'écrivait et j'espérais aller le rejoindre l'été prochain.

Chapitre 26

Le printemps est passé vraiment très vite et la fin des classes est arrivée, les examens et la chaleur aussi. Pourquoi tout en même temps ? Bonne question. De grosses gouttes dégoulinaient sur nos feuilles d'examen. On avait beau ouvrir les fenêtres, l'air qui entrait était brûlant. Interdiction de porter des shorts et des camisoles, alors… allloooooo la concentration.

Si le mois de juin était le printemps à une certaine époque, avec le réchauffement de la planète, c'est trop la jungle maintenant. C'est juste si on ne voit pas passer les singes sous nos fenêtres. Il va falloir trouver une solution parce qu'il ne faudrait pas s'étonner de retrouver un étudiant changé en primate un de ces jours.

Le bal approchait enfin… notre soirée allait arriver et ça nous aidait à supporter cette période difficile.

J'avais bien étudié et les examens ne se sont pas trop mal déroulés. Sauf en anglais, je ne sais pas pourquoi, j'avais peut-être juste pas la tête à penser dans une autre langue, en tout cas, je ne sais pas ce que ça va donner.

En parlant avec Charlotte, j'ai réalisé que je m'étais complètement trompée dans la compréhension de texte. Ohhhhhhhhh… Croisons les doigts parce que ma mère menaçait de m'envoyer faire un cours d'anglais en immersion totale si je n'arrivais pas à hausser mes notes. Moi, je voulais plutôt aller en France voir Alexandre.

J'ai peur.

Lydia s'intéressait de plus en plus à mon bal. Elle voulait m'aider à trouver des accessoires et des idées de coiffures. Je ne pouvais pas la repousser, c'est la fille qui a le plus de goût que je connaisse.

Alors, on est parties faire les boutiques ensemble. Elle était adorable et puis un jour, elle m'a demandé qui serait mon cavalier. Je ne savais pas quoi répondre, j'avais envie de hurler : « Je voudrais avoir Alexandre ! » mais ça ne servait à rien. Il était en France et ne pourrait pas faire le voyage pour un soir seulement. Et puis, j'avais fini par vraiment croire que cette soirée entre amis allait être mémorable.

Lydia m'a proposé de me prêter (c'est son terme) Milan pour la soirée.

Il y a quelques semaines, j'aurais sauté sur l'occasion, mais maintenant… curieusement, ça ne me disait rien.

Milan lui avait dit qu'on s'était embrassés l'été dernier…

Quoiiiii ? ? ? ? Elle était au courant ? Malaise…

Malaise (accompagné d'un rire nerveux).

Malaise (accompagné d'un sourire forcé).

Malaise (accompagné de silence).

Je lui ai finalement dit que j'aurais l'impression de trahir Alexandre.

J'ai appris deux ou trois secrets de Lydia :

* Il ne faut pas essayer d'être une autre au bal. Il faut montrer qui on est au fond de soi.

* Ne pas choisir de robe sans bretelles, car il n'y a riennnn de plus laid qu'une fille qui se tortille pour remonter sa robe, qui tombe tout le temps.

* Il faut trouver ce qui nous met en valeur et pas ce qui est à la mode.

* La simplicité est souvent signe d'élégance.

Cette soirée était en train de prendre toute la place dans notre vie. Chaque détail comptait et les filles ne parlaient plus que de l'événement, alors que les gars, eux, semblaient totalement détachés.

La question qui était sur toutes les lèvres : « L'après-bal ou pas ? »

Eh bien moi, c'était non. On allait plutôt faire une petite fête autour de la piscine de Charlotte ! :D

Quatre mois plus tard

Chapitre 27

La fébrilité était à son comble quand le fameux jour tant attendu est enfin arrivé.

J'étais debout à sept heures et il était impossible de me rendormir, la journée allait être vraiment très longue.

Dès neuf heures, le téléphone a sonné. Jobs m'annonçait qu'il avait la mononucléose et ne pourrait pas venir au bal. C'est pas vrai ? Qui allait tenir le rôle du gars dans notre danse ? Il y avait deux ou trois séquences où nous avions des mouvements avec lui. C'était pas un grand danseur, mais sa présence était nécessaire. En même temps, ça ne servait à rien de le faire sentir coupable, il n'y pouvait rien s'il avait attrapé ce virus.

À dix heures, nous étions au combat, toutes sur Facebook, pour trouver une solution.

O.K., vous allez me dire que c'était rien qu'une danse, mais c'était notre moment à nous. Nous avions répété six semaines pour cet instant magique qui allait être conservé pour toujours sur DVD.

J'arpentais la cuisine en attendant que ma toast soit prête quand Loup est arrivé, en traînant les pieds. Il n'est pas vraiment plus rapide que moi le matin, mais l'idée est apparue claire et nette. Mon frère allait venir avec nous. Il connaissait tout le monde et allait apprendre rapidement les trois mouvements de danse… Il restait à le convaincre; pour ça, je devais attendre que son cerveau ait repris sa forme normale.

Je lui ai servi un café, deux toasts et me suis assise en face de lui. Après trois minutes de silence, il a voulu savoir ce que j'avais de si important à lui demander.

Il a ri et a commencé par dire non. Mais devant mon total désarroi, il a fini par accepter.

Je vous ai dit que j'aimais mon frère ?

On a pratiqué une partie de l'après-midi. Ensuite, il est allé avec Lydia louer un costume pour la soirée.

Nous sommes parties chez Charlotte. Nous nous sommes maquillées les unes les autres, on papillonnait, on gesticulait, on riait.

La robe d'Aïcha était vraiment superbe. Charlotte avait coupé la jupe grise et elle avait agrémenté le haut de dentelle grise de deux tons. Elle avait retiré les manches et franchement, c'était réussi.

Anaïs avait une robe noire toute simple. C'était son deuxième bal et elle n'avait pas envie de trop investir encore une fois.

Éva, quant à elle, portait une robe avantageuse, enfin. Finis les bourrelets disgracieux.

Charlotte était juste divine. Elle avait créé sa robe elle-même et sérieusement, je pense qu'elle va être une designer incroyable.

Je me suis regardée dans le miroir. J'ai mis les doigts sur les trous laissés sur ma robe par les épingles et j'ai pensé à Alexandre. J'aurais tellement voulu qu'il me voit maquillée et les cheveux coiffés d'un chignon savamment négligé. Je me trouvais vraiment jolie, il ne manquait que lui.

Anaïs nous a crié de nous dépêcher et nous sommes descendues.

Mon frère nous attendait à la porte. Il était magnifique, Lydia avait réussi son coup. Un smoking noir, simple et élégant. Ses cheveux longs sur les épaules lui donnaient un air très distingué.

Mes amies avaient la bouche un peu trop ouverte, je voyais bien qu'il leur faisait de l'effet.

Nous étions tous heureux et c'était magique. Nous sommes partis dans la limousine après avoir pris des photos souvenirs.

Nous avons envoyé les photos à Jobs qui nous suivrait via les textos et Facebook toute la soirée.

Nous sommes arrivés à la porte du grand hôtel derrière deux autres limousines…

La décoration était parfaite. L'immense hall de l'hôtel était décoré de fleurs et on entendait de la musique dès l'entrée. Les portiers nous souriaient et nous félicitaient pour notre élégance. J'avais l'impression d'être une grande dame d'une autre époque.

Je m'imaginais en 1900, en jeune fille de la bourgeoisie montréalaise, accueillie avec délicatesse par le personnel de la maison du gouverneur. Premier bal pour les jeunes demoiselles de dix-sept ans, qu'on appelait les débutantes. À mon bras, mon frère, magnifique avec son jabot blanc. Avant d'entrer par la grande porte en haut des marches, nous entendrions annoncer nos noms et nous descendrions tranquillement en suivant le rythme de la valse... Je sourirais timidement et... voilà que je suis encore en train de rêver.

Dans la salle, la décoration était moderne. La musique envoyait une chanson de Rihanna et l'atmosphère était électrisante. La piste de danse était éclairée comme une discothèque et les tables aux nappes blanches trônaient tout autour.

Nous avions la table numéro neuf et la soirée pouvait commencer. Le repas était plutôt moyen, pas mauvais, mais pas très bon non plus. Mais ce n'était pas ce qui était important. On regardait les autres comme si on les découvrait pour la première fois. « Ohhh que Camille a des goûts vestimentaires vraiment bizarres... et Jérémie est trop drôle dans son habit rose de la tête aux pieds. Certains n'ont pas fait d'efforts et d'autres en ont fait beaucoup trop. Zohey se prend pour une mariée, tout en blanc avec son chignon trop travaillé, et Victor est sympathique avec son habit tout simple et sa couronne en carton sur la tête. Lehanne et Channelle sont en couple, on se doutait bien qu'elles étaient amoureuses, mais elles osent nous le montrer et je suis bien contente pour elles. Elles sont fières et radieuses. »

Aïcha nous a fait signe, l'heure de notre numéro était arrivée. Nous avons commencé en faisant quelques mouvements pour repousser gentiment la foule hors de la piste de danse. Nous étions une bonne douzaine au centre, puis la chanson de Katy Perry a commencé et nous avons fait notre numéro. Loup a super bien assumé son rôle du seul mâle du groupe et tout a été parfait. À la fin, nous avons eu droit à une acclamation monstre. Tout le monde était debout, ça criait, sifflait et applaudissait.

C'était un moment mémorable dont on allait se souvenir toute notre vie. Après le numéro, c'est comme si mon frère s'était changé en aimant. Toutes les filles étaient autour de lui. Les moins expérimentées riaient trop fort afin d'attirer son attention, les plus confiantes l'invitaient à danser. J'étais contente de voir qu'il passait une belle soirée.

J'ai reçu un texto d'Alexandre qui me disait qu'il était avec moi en pensée.

La soirée terminée, nous sommes montées dans la limousine. Nous avions choisi de faire une sorte d'après-bal à notre manière, seulement entre nous. Loup a décliné l'offre de nous accompagner, il a dit que le reste, c'était à nous et qu'il avait quelque chose d'important à faire.

Chez Charlotte, le jardin avait été décoré de lanternes chinoises et un buffet nous attendait sur la terrasse. On ne pouvait rien imaginer de mieux pour laisser derrière nous cette partie de notre vie.

Il faisait chaud et l'air était humide… la jungle, je vous ai dit… J'ai eu envie de me baigner, l'eau était si belle et tant pis pour ma robe, elle avait déjà été mouillée, alors pas besoin de me changer.

— On se baigne ? Allez… on saute à l'eau !

— Habillées ?

— Pourquoi pas ? m'a lancé Anaïs.

— Mais ma robe ? s'est plainte Aïcha.

— Elle va sécher ! je lui ai lancé et j'ai sauté à l'eau après avoir retiré mes chaussures et mes bijoux.

Elles ont toutes sauté, on s'éclaboussait puis on riait parce que nos jambes se prenaient dans le tissu et que la robe d'Anaïs flottait, laissant voir sa culotte avec un cochon rose qui disait « Rock it ».

La piscine s'est vidée. Les filles sont entrées dans le garage pour se changer. Je traînais un peu. J'aimais me sentir seule dans l'eau tiède.

Une voix venant d'un coin noir du jardin m'a parlé.

— La pauvre robe, elle en a subi des malheurs.

— Pardon ? Qui est là ?

Je suis sortie de l'eau.

— Je dis que ta robe a beaucoup souffert.

Je reconnaissais la voix, mais c'était impossible. J'aurais juré que c'était Alexandre.

Il est sorti de l'ombre. Il était là, portant son uniforme de collège et il était encore plus beau que dans ma mémoire.

Nous étions seuls, je me demandais où étaient passés les autres.

— Ne cherche pas tes amies, on est seuls, Loup a tout organisé. Il est venu me chercher à l'aéroport et m'a conduit jusqu'ici. Je n'ai pas pu arriver plus tôt. Sinon, je t'aurais accompagnée. J'ai tout essayé, mais c'était impossible. Mais si tu veux me faire l'honneur d'une danse...

Il m'a tendu la main. Je suis allée me blottir contre lui. J'étais tellement heureuse que je crois qu'il n'existe aucun mot pour décrire ce que je ressentais. Il était là... et le moment était tout simplement parfait.

Les haut-parleurs ont commencé à diffuser un air très doux et il m'a fait danser autour de la piscine. J'ai réalisé que nous étions sous une branche de glycine, comme son dessin, mais cette fois, les fleurs étaient d'un beau mauve délicat, et non en noir et blanc.

La terre pouvait s'arrêter, l'apocalypse faire tout sauter… Rien n'avait plus aucune importance.

— Puisque je suis trempé de toute façon, maintenant que tu m'as mouillé de bord en bord… a-t-il lancé, avant de me prendre dans ses bras et de sauter à l'eau.

Nous étions tous les deux dans la piscine et c'était fou. Je n'arrêtais pas de l'embrasser : sur les joues, dans le cou, sur le front. Je ne pouvais plus arrêter. Il m'avait tellement manqué et il était là, juste au bon moment, exactement comme j'aurais voulu que ce soit.

Il m'a dit que j'étais belle et j'ai éclaté de rire en imaginant mon beau chignon négligé qui devait patauger dans l'eau et mon maquillage dégoulinant sur mes joues. Décidément, je ne serai jamais au sec avec lui.

J'ai bien entendu quelques rires venir du garage et entendu des pas qui s'éloignaient discrètement. Moi, j'embrassais Alexandre et tout était juste tellement merveilleux.

Épilogue

Alexandre venait passer trois semaines à Montréal et espérait trouver un cours à l'université qui lui offrirait le programme qu'il désirait.

Ça faisait genre quatre jours qu'il était là, quand ma mère a appris ma note à l'examen d'anglais et a tout simplement... comment dire ? pété les plombs ? disjoncté ? Et comme Tarzan qui se balance en hurlant agrippé à sa liane, ma mère a fait une crise au milieu du salon et m'a dit que 61 n'était pas ce qu'elle attendait de moi et que si l'anglais était ma matière faible, il fallait résoudre ce problème le plus rapidement possible.

Jusque-là, ça allait encore, mais elle m'a annoncé qu'elle avait trouvé pour moi un cours intensif d'anglais à Boston et que je partais lundi prochain, pour deux semaines ! ! !

Quoiiiiiiiii ? ? ? ? ? ? Je m'en vais où ? Quand ? Je rêve ? Alexandre était à Montréal pour très peu de temps et j'allais partir pour Boston... ohhhhh que mon anglais pouvait attendre !

Eh bien non, selon ma mère, c'est Alexandre qui allait attendre. Ni l'intervention de Loup, ni même celle de Philippe n'ont pu la faire changer d'idée.

Je capotaisssss ! ! !

Heureusement, Alexandre m'a dit qu'il essaierait de venir me voir et il a ajouté : « Mais tu sais, c'est super, Boston. C'est là qu'a commencé la Révolution américaine. C'est plein d'histoire et surtout, il y a Salem et la fameuse chasse aux sorcières... Ça va être génial. »

Pourquoi j'ai un doute, moi ? Il me semble que ça paraît comme trop beau, non ? C'est quoi, cette petite voix que j'entends qui dit « attention danger » ! ? !

Savannah, tome 2
Ne pars pas
Résumé

Impossible pour Savannah de faire changer d'idée sa mère, elle doit donc partir suivre un cours d'anglais à Boston. Cependant, elle n'ira pas seule, puisque Charlotte et Anaïs l'accompagnent dans cette nouvelle aventure. Où les mènera la curiosité cette fois ?

Savannah découvre le journal de Fabrice, un étudiant qui a fréquenté le collège plusieurs années auparavant. Le soir, dans leur chambre de la résidence, les filles se font la lecture de ce récit troublant. Le jeune homme compare sa vie à celle des sorcières de Salem, persécutées en 1692.

En même temps, elles visitent la ville et apprennent l'histoire étonnante de la Révolution américaine. La rencontre du séduisant Stefano, un guide d'origine italienne, va faire battre le cœur d'Anaïs et de Charlotte; l'amitié résistera-t-elle à l'amour ?

Alexandre vient retrouver Savannah et lui propose une visite de Salem. Erreur, leur curiosité va les plonger au cœur d'un cauchemar.

À suivre...